ONNANOKO NI YUME WO MITEHA IKEMASEN!
九条秋穂
AKIHO KUJO
咲也の妹。明るく可愛くて
人気者の中学二年生。
しかし家では……
MEN'S
JN287312
女の子に夢を見てはいけません。

女の子に夢を見てはいけない。

高校
男子が
しては
厳しすぎる真
理だと思わな
いだろうか。

九条咲也

SAKUYA KUJO

姉と妹のせいで女の子に
夢を見れなくなった
高校一年生

女の子に夢を見てはいけません！

恵比須清司

ファンタジア文庫

2202

口絵・本文イラスト　こうぐちもと

女の子に夢を見てはいけません！
ONNANOKO NI YUME WO MITEHA IKEMASEN!

1

「……あの、これ、女性用なんですけど……、あの、大丈夫《だいじょうぶ》、ですよね？」

「…………はい」

ちらちらと顔色を窺《うかが》うような店員さんの視線を感じながら、僕は嫌々頷《いやいやうなず》いた。

恥《は》ずかしさのあまり、頬《ほお》が熱くなっているのがよくわかる。どうしてこんなことになったんだろうと、答えのわかりきっている問いを頭の中でリピートさせながら、とりあえず正視したくない現実から目を背けるために、ほんの数分前の出来事を思い出す。


ある日の夜のことだった。

夕食を食べ終えて、ふと洗剤《せんざい》がないことに気がつき、近くのコンビニまでやって来た。

それ自体は何でもないことなんだけど、家を出る時に姉さんからお願いと手渡《てわた》された買い物リストが、僕の心に暗い影《かげ》を落としていた。

「いらっしゃいませー」

店員さんの声に、僕はビクリと震《ふる》えた。

マニュアル化された営業スマイル。客が何を買おうが一切表情に出さない立派なプロ根性。どきどきしながらエロ雑誌を差し出しても、よどみない動作で会計をしてくれるありがたい存在だ。

でも、そんな気遣《きづか》いが逆に辛《つら》かった。

エロ雑誌ならまだよかったんだ。

男ならあれだろ？　エロ雑誌の一冊や二冊は、当たり前だろ？

でもその時、僕の目の前で精算されていくモノの数々は、そんな当たり前からはほど遠い品々だった。

——口紅、ファンデーション、マニキュア、マスカラ……、その他諸々の化粧品《けしょうひん》。

ここまではよかった。

いや、男が買う物としては限りなくアウトに近いアウトだということはわかってる。

でもまだ耐《た》えられるアウトだ。たとえこれから女装でもするのかと疑われても、実際にそんな目で店員さんからチラ見されても、そして遺憾《いかん》ながらどこか納得したような顔で軽く頷かれても、まだかろうじて言い訳はできるレベルだったんだ。

でも、最後に現れた品だけは、どう考えたって取り繕《つくろ》いようがないものだった。

「……と、全部で三千二百二十五円になります。……あの？　大丈夫ですか？」

店員さんの声に我に返った僕は、改めて自分が今購入《こうにゅう》しようとしている品物を見た。

姉さんの買い物リストの最後に書かれてあったモノ。

それはずばり女性用下着。

そんなものまでコンビニで取り扱《あつか》っているなんて便利な世の中だなぁと感心してしまうけど、今だけはその品揃《しなぞろ》えの良さを呪《のろ》ってもいいと思う。女性用の、しかもコアなものを男性が買うというのは、たとえ頼《たの》まれたからだとしても、かなり抵抗《ていこう》感があるんだ。

でも、姉さんはそれを僕に、嬉々《きき》とした表情でやらせるのだから始末が悪い。毎度のこととは言え、この手のセクハラは精神的負担がすごく大きいので、いい加減やめて欲しい。

「……まあ、面と向かっては言えないんだけどさ」

「はい？」

無意識のうちに声に出ていたみたいで、店員さんに反応されてしまった。

僕は慌《あわ》てて会計を済ませて店を出ようとした。が、その前にきょろきょろと店内を見回す。

何も悪いことはしていないはずなのに、誰《だれ》かに見られたりしたら、という思いから抜《ぬ》け出せない。万が一知り合いにでも買い物内容を知られたら、その時点で僕の人生は暗黒面へと大きく舵《かじ》を切ることになる。

正直に、姉さんに頼まれたからと言ったところで、最終的な損害を蒙《こうむ》るのはやっぱり僕なのが理不尽《りふじん》だ。外面が完璧《かんぺき》なだけに、醜聞《しゅうぶん》は周りの関係者（＝僕）が一方的に引き受ける形になるのだった。

「……っ！」

その時、雑誌コーナーで立ち読みしている人と目が合った。

フードを目深にかぶっているから表情まではわからないけど、スカート姿のそれは間違《まちが》いなく小柄《こがら》な少女だ。

じっとこちらを見つめる視線が痛い！

この人、男なのに化粧品とか女性用下着買ってるよって目をしてる！

実際少女がそんなことを思っているかどうかは知らないけれど、視線の意味は受ける側が一方的に判断するしかないという厳然たるルールがあるのだ。

僕は返す視線で「これは買い物を頼まれただけだから！　決して僕の趣味《しゅみ》とかそういう

アレじゃないから！」と訴《うった》えながら、足早にコンビニを後にした。

家の近くまで来て、肝心《かんじん》の洗剤を買い忘れていたことに気がつくまで、僕は心で涙《なみだ》を流しながら夜の街を疾走《しっそう》するのだった。

「お帰り、さくやちゃん！　時間がかかったのは、やっぱりあれなの？　恥ずかしくて逡《しゅん》巡《じゅん》しちゃったりしたの？　顔を真っ赤にしてちらちら下着を見たりしちゃってたの？　それで店内を行ったり来たりして雑誌コーナーで心を落ち着かせようと手に取った本が実はR18でますます慌てちゃったりしたの？　やーん萌《も》える！　でも大丈夫。さくやちゃんは可愛《かわい》いから、一緒《いっしょ》に化粧品も買ったら絶対に女の子だって思われるから何も問題なし！我《われ》ながらフォローも完璧だったわね！」

「フォローになってないから……。ただの追い撃《う》ちだからそれ……」

出迎《でむか》えた姉さんが、開口一番言い放った言葉がこれだ。

はぁはぁと荒《あら》い息を吐《つ》きながら上気した頬を隠《かく》そうともせず、妙《みょう》に熱っぽい目でこっちを見てくるその姿は、いつも通りの姉さんすぎて頭が痛い。客観的に見たら美人なのは認めるけど、それはこの姉さんを見ていないからだということを、僕は知っている。

ちなみに『さくや』というのは僕の名前だ。

九条咲也《くじょうさくや》。

どことなく女性っぽい響《ひび》きのこの名前は、実はあんまり好きじゃない。母さん譲《ゆず》りの女顔も相まって、小さい頃《ころ》から色々と思い出したくない誤解を受け続けてきたからだ。

ちなみに、今姉さんが言い放った妄想《もうそう》はほとんど当たっていたけど、それをそのまま認めるのは悔《くや》しいので否定しておく。負けた気分になるのは仕方ないとして、せめてもの抵抗をしておかないと精神的にも肉体的にも泥沼《どろぬま》一直線だからだ。

「そういうアレは一切ないから……。はい、これ。こういうのは弟とは言え、男に頼むもんじゃないだろ」

「わかってないわ。弟だから……、咲也ちゃんだからこそ頼むんじゃない！　ああ、その可愛らしい顔が羞恥《しゅうち》に歪《ゆが》む瞬間《しゅんかん》を想像しただけで、ご飯三杯《ばい》はいける！　実際に後をつけて眺《なが》めるという案も魅力《みりょく》的だったけれど、やっぱり家で妄想しながら待つというのが正道だと思わない⁉」

「たぶん正道も邪道《じゃどう》もロクでもないんだろうなと思う！」

現在進行形で思い出したくない記憶《きおく》が絶賛量産中なんだけど、気にしたら負けなので精《せい》一杯《いっぱい》無視する。

この目の前で発情……、もとい興奮して……、いや、いきなり抱《だ》きついて頬ずりしてくるのが僕の姉である九条沙雪《さゆき》だ。

家を出たら完璧美人。

家の中ではセクハラ魔人《まじん》。

弟に色々とキワドイいたずらをしては興奮するというド変態だけど、生まれてこの方ずっとこの調子で付き合ってきたので、不本意ながら日常の一部だ。

「あ、お兄ちゃん！　コンビニ行ってたんだったら、わたしにも言ってよ！　買ってきて欲しいのがあったのに！」

「これ以上、僕の精神的負担を増やさないでくださいますかねえ……」

疲《つか》れた声で振《ふ》り向くと、そこにいたのは妹の秋穂《あきほ》だった。

口を尖《とが》らせて、わかりやすく不機嫌《ふきげん》そうな顔をしているけど、これもいつも通り。

世間ではアイドル並みに可愛いと言われているが、いやもちろんそれは認めるけれど、僕にとっては姉さんとは別のベクトルで手のかかる存在でしかなかった。

「わたしはお姉ちゃんみたいに変態チックなものは頼まないよ。お菓子《かし》買ってきてもらうと思ったんだけど、もういい！　その代わり一緒にお風呂《ふろ》入れ！」

……これだ。

確かに小さい頃はよく一緒に入ってたけど、そういった微笑《ほほえ》ましい兄妹《きょうだい》の交流は、最高でも小学校低学年で終わりを迎《むか》えるものだろ？

中学二年生にもなって、高校生の兄と一緒にお風呂する妹がどこにいる！　しかも口調が当然のように命令形だ。ここはもうほとんど残っていないとは言え、兄の威信《いしん》をかけて説教をかまさなくてはいけない。

こほん。

「秋穂」

「なに？」

「いいか、その歳で僕と一緒にお風呂とかだな……」

「うっさい！　お兄ちゃんに発言権なんてあるわけないでしょ。はよ入れこらーっ！」

秋穂は僕の言葉を遮《さえぎ》って飛び掛《か》かってきた。

背中に、中学生にしては反則級の感触《かんしょく》が二つ押し付けられる。非常に精神衛生上よくないので、僕は無我の境地で念仏を唱えるしかない。現実逃避《とうひ》と笑いたければ笑えばいい。日常的に妹からナチュラルセクハラを受けていればこうなるものなんだ。

――お風呂？　じゃあ私も一緒に入る。

——はぁ？　なんでお姉ちゃんも来るわけ？　二人きりに決まってんじゃん。

——待ちなさい。咲也ちゃんは私の弟。当然権利と言うものがあるわ。

——姉が弟と一緒に入りたがるとか意味不明。妹が兄と入るのが当然じゃん！


ぎゃーぎゃー、わーわー。

すぐ傍《そば》で繰《く》り広げられる不毛な論争に巻き込まれながら、僕の日常は過ぎていく。

かたや美人で清楚《せいそ》でお淑《しと》やかな姉。

かたや明るく可愛くて人気者の妹。

羨《うらや》ましがられるのはいつものことだけど、実はそんなことは全然ない。

常日頃《つねひごろ》から様々な属性のセクハラに挟《はさ》まれている僕にとっては、世間一般《いっぱん》の評判の方がはるかにうそ寒いものだ。

もちろん、そういった一面が事実なのは知っている。でも、知っているだけに、その裏側がこうもひどいものかと思わざるを得ないんだ。

こんな風に精神力がごりごり削《けず》れていく家庭に育った身だからこそ、僕はこの歳で一つの真理を得てしまった。

欲しくないのに得てしまった。

マジで、欲しくなかった……。

女の子に夢を見てはいけない。

高校一年生の男子が持つにしては、少し厳しすぎる真理だと思わないだろうか。

2

「やっぱり高校生ともなると、彼女の一人や二人は作ろうという気になるのではないか？」

いつも通り、昼休みに壮次郎《そうじろう》と向かい合って弁当をつついていたら、ふとした会話の切れ目でそんなことを言われたので、僕はコロッケを箸《はし》で摘《つま》んだまま固まってしまった。

壮次郎がそんな話題を出してきたのは心底意外だったけど、本人は特に気にした風もなく紙パックの野菜ジュースをストローで飲んでいる。

「どうしたんだよいきなり。あ、もしかして壮次郎、また告白されたとか？」

「俺の話ではない。それに俺にはもうリルルたんという嫁《よめ》がいる。三次元に費やすリソースなど存在しない」

「あ、はい……」

なぜか思わず敬語で返してしまったけど、同時にほっとした。

目の前で眼鏡《めがね》のズレを直しながら切れ長の目をこちらに向けてくるこの男子生徒は、僕の中学時代からの友人である中津《なかつ》壮次郎。

背は高く、顔も美少年と言っていいくらい整っていて、しかも成績も全国レベルでトップクラスかつ運動もできるというハイスペックの塊《かたまり》のようなやつだ。性格も冷静沈着《ちんちゃく》の見本のようで、当然と言ってもいいくらい女の子にモテる。

なのに、さっきの『嫁』という発言でもわかる通り重度の二次元オタクであり、この性格というか性癖《せいへき》のせいで、涙をのんだ女子生徒は数知れないとかなんとか。

「俺のことではなく、咲也《さくや》、お前のことを言っているのだ」

「僕？　僕は、そんなことは考えたこともないけど……」

「考えたこともない、というのは少々面妖《めんよう》だな。ここが今年から共学になったばかりの元女子校だということを知らないわけではあるまい。そんな環境《かんきょう》で、なおかつ高校生という青春の真《ま》っ只中《ただなか》にありながら、恋愛《れんあい》について無関心というのは健全とは言えないな」

二次元に嫁がいるのは不健全じゃないのか……。

そんな疑問が口から出かかったけど、かろうじて飲み込んだ。

「やはりあれだろうか。あんな美人の姉妹に囲まれて生活をしていると、そういったことには消極的になってしまうというのか」

「それとこれとはあんまり関係がない。……うん、きっとない」

全然関係ない、と言い切れなかったのが無念だけど、どの道壮次郎が考えているのとは反対の意味なので別にいい。

「そう言えば、お前のスマホの待ち受けはその美人姉妹だったな。もう一度見せてもらってもいいか？」

「いいけど……、三次元には興味がないんじゃなかったのか？」

「全くないわけではない。三次元における造形的情報や属性の分析《ぶんせき》は、二次元世界の強化には必要だ。つまり、参考資料というわけだな」

参考資料って……。

内容はものすごいのに、壮次郎が真面目《まじめ》な顔で言っていると高尚《こうしょう》な雰囲気《ふんいき》に聞こえるのはどうしてだろう。いやほんと、通報されてもおかしくないようなことなのに……。

「これは俺自身が三次元の存在であることによる限界だな。忸怩《じくじ》たる思いだが、俺は将来必ず二次元と三次元の壁《かべ》を破るつもりだ。その原動力として利用するしかあるまい」

「ごめん……、話のレベルが高すぎてついて行けない……。とりあえず、はい、スマホ」

すまんな、と言って壮次郎が受け取る。そして待ち受けを見ると、微《かす》かに目を細めた。

「この前見た時と、画像が変わっているな」

スマホに姉妹の写真が入っているのは当然二人の差し金で、しかも驚愕《きょうがく》の毎日更新《こうしん》だ。

つい先日も、待ち受け画面をどっちの写真にするかで姉妹喧嘩《げんか》をしていたけど、僕の意見が一切汲《く》み上げられなかったのは言うまでもない。

ちなみに、最終的に待ち受け画面は二人が一緒《いっしょ》に写っているものとする、と決まった。

「ふむ……。やはりお前のところの姉妹はレベルが高いな。普通《ふつう》の女性では到底太刀打《とうていたち》ちできるような次元ではない。しかも属性的な意味でキャラクターが突出《とっしゅつ》しているのも大きく魅力《みりょく》に貢献《こうけん》しているのだろうな」

「属性的な意味って？」

「そうだな、これは私見だが――」

そう断った上で、壮次郎はくいっと眼鏡を直す。

「例えば姉の方は清楚なイメージで、なおかつ包容力を感じさせる。これは年長のメイドさんキャラとして十分なポテンシャルがあると言えるだろう。ご主人様に従いつつも裏ではしっかりと主導権を握《にぎ》りつつデレる。大きな萌《も》え要素だ」

「メイドさん……、姉さんが」

想像してみる。

――まあご主人様！　そのドレスはとてもお似合いですよ！　では次はこのルージュを。それが終わったらあちらにヒールもご用意しております。ああ！　その赤らめた頰《ほお》など最高に魅力的ですわ！　メイド冥利《みょうり》に尽《つ》きます！

……ひどいな。

何がひどいって自分の想像上でもこうなるというのが一番ひどい。

僕がげんなりするのもおかまいなしに、壮次郎は続ける。

「次に妹の方だが、この少々生意気そうで奔放《ほんぽう》な雰囲気は猫《ねこ》を連想させる。とすれば、ここは素直に猫耳少女としての属性付与《ふよ》が望ましいだろう。普段《ふだん》は気ままだが、それでも飼い主を愛していて、ときおり見せる過剰《かじょう》なスキンシップなどは非常に強力だ」

「猫耳の秋穂《あきほ》……」

嫌《いや》な予感がしつつも、想像してみる。

――ねーねーご主人様！　暇《ひま》だよ！　遊んでよぅ！　はやくはやくはやく！　……何嫌そうな顔してんのよ。もういい！　なんか疲《つか》れたから肩揉《かたも》んでよ。あ、あとついでにシッポも撫《な》でて。はーやーくー！　それ終わったら一緒にお風呂《ふろ》入ろう！

……まあ、こうなるよね。

頭に猫耳が生えている以外普段と変わらないっぽいのは、ひょっとして僕の想像力が貧弱だからなのだろうか。

「しかしあれだな。やはりこういった美人姉妹とのリア充生活《じゆう》が、咲也の青春に対する一種の貪欲《どんよく》さを奪《うば》っている一因なのかもしれん」

「姉と妹がいるだけでリア充扱《あつか》い!?」

彼女いない歴=年齢《ねんれい》でもリア充認定されてしまったけど、全然嬉《うれ》しくない。

逆に悲しい。

「世間一般の評価としてはそうだろう。むしろ、美人の女性と一つ屋根の下で暮らすというシチュエーションは、リア充以外の何と言えばいいのか」

敢《あ》えて言うなら針のむしろに近い。

もしくはトラウマ製造機と言うか、幻想崩壊機《げんそうほうかい》と言うか。

いやそもそも、リア充の象徴《しょうちょう》のような壮次郎に言われるのはどうなんだろう。

「まあいい。話を戻《もど》すが、つまりお前も新たに高校生になったからには彼女を作ったりして青春を謳歌《おうか》してはどうかということだ。その辺りのこと、どう思っているのだ？」

「どうって……、僕はそういったことはあまり……」

興味がない、とまでは言い切れなかった。それはやっぱり、ウソになるから。

でも、だからといって積極的にもなれそうにはない。

「煮《に》え切らんな。まさか咲也、お前も俺と同じように二次元の住人となる素質が――」

「それは絶対にない！」

壮次郎には悪いけど、同類にされるのだけは勘弁《かんべん》して欲しいので断固否定しておく。

ほら、何というか、僕みたいな凡人《ぼんじん》には理解できない世界という意味で……。

「ふむ。まあそうだろうな。それにあんな美人姉妹に囲まれたリア充で三次元に興味がないと言うのは罪な話だ。極刑《きょつけい》に相当する。打ち首の上、市中引き回しで島流しだ」

「それ打ち首の時点でもう終わってるんじゃないの……？」

「とにかく咲也、お前も彼女がいるかいないかでは、やはりいた方がいいと思うだろう？」

「そりゃどちらかと言われれば、そうだけど」

どうしても消極的な答えしか出てこない自分が、少しだけ嫌になる。でもそれは、すぐに諦《あきら》めに流されて消えた。もう条件反射のようなものだった。

「そう思っているならいい。と言うわけで、今からこれを鑑賞《かんしょう》してもらおう」

そう言って壮次郎は懐《ふところ》から自分のスマホを取り出して、放り投げるようにこちらに渡《わた》してきた。慌《あわ》てて受け取り画面を見ると、そこには見覚えのある制服に身を包んだ女生徒の画像があった。

「これは？」

「さっきも言った通り、ここ星城《せいじょう》学園は今年から男女共学になった元女子校だ。それでも一年生は女子の方が多く、二年生と三年生に至っては比率は１００％。と言うことは、それだけ美貌《びぼう》の女生徒の数も多い」

「え、えーと……？」

「観察という目的には良い環境だと思わないか？　つまりそういった経緯《けいい》で、そこには俺の秘蔵コレクションが入っている。俺にとっては造形的な興味しか湧《わ》かない代物だが、お前にはもっと違《ちが》う意味があるだろう。是非《ぜひ》そこから、お前の好みを聞き出したいものだな」

こ、コレクション……って、とんでもないことをさらっと言ってるけど、いいのか？

それにこのアングルは、もしかしなくても……。

「これって盗撮《とうさつ》なんじゃ……」

「人聞きが悪いな。被写体《ひしゃたい》の意識はこの際問題じゃないだろう。野鳥や獣《けもの》を撮影《さつえい》することは盗撮とは言わない。つまりこれもそういうことだ」

どういうことだ！

完全完璧《かんぺき》に犯罪で、言ってることも限りなく変態じみている。それなのに妙《みょう》に説得力があるのがすごい。これが人徳というやつだろうか。学術目的ですという理由で女の子の盗

撮写真を説明するなんて離《はな》れ業《わざ》、並大抵《なみたいてい》の人間にできるわけがないのに。

「壮次郎……、お前ってやっぱりすごいな」

「うん？　よくわからないことを言ってないで、とにかく見ていくがいい。その上で感想を聞かせてもらうからな」


何だかあまりにも無茶な展開に頭が半ば麻痺《まひ》したまま、僕は壮次郎の学術的コレクションを鑑賞する羽目になった。当然、そもそもどうしてそんなことをしなくちゃいけないのかといった疑問なんて、もう差し挟《はさ》む余地はなかった。

そこに写っていたのは、確かに可愛《かわい》いと言われるタイプの少女達ばかりだった。

壮次郎が造形的な意味で集めたというのも頷《うなず》ける。けど、僕自身の心からそう思っているわけじゃなくて、世間一般《いっぱん》の尺度から見ればそうなんだろうな、という前置きが付いた上での感想だった。

この感覚が異常なものだと気づいたときにはもう遅《おそ》かった。

僕の中の女性像は、姉と妹の手によっていつの間にか作り上げられていたらしい。

どんなに美人でも裏ではアレ。

どんなに可愛くても裏ではソレ。

そんな経験則が、僕の女性に対する視点をはっきりと定めてしまっているのだ。

その結果、女性に対する興味の消失と言うか、どちらかと言うと距離《きょり》を置きたくなると言うか、つまるところ苦手意識ができあがってしまったというわけだ。

女性が苦手。

これって青春真っ盛りの男子高校生としては、かなり深刻なんじゃないだろうか？

「どうだ？　入学して一ヶ月足らずでそれだけ集めた。まあ、よくできた方だと思うが」

「……もしかして壮次郎、この学校に入学したのはこれが目的だったりするんじゃ……」

「馬鹿《ばか》な。それはあくまで副次的要素に過ぎん。一番家から近く通いやすいからここに決めたのだ。俺だって物事の優先順位くらいわきまえている」

……いや、全国レベルでトップクラスの成績の持ち主なら、もっと優先すべき要素があると思うんだけど。それとも、壮次郎レベルになると、自学自習で全部まかなえてしまうものなんだろうか。頭のいい人の考え方はわからない。

「そう言えば咲也、お前はどうしてこの高校に？　女生徒目当てといった不純な動機は、お前にはあり得ないだろう」

「そ、それは……」

……言えない。

自分の通っている女子高が来年から共学になると知った姉さんが、両親はもちろん、果ては中学の担任のところまで押しかけて説得したからとか、口が裂《さ》けても言えない。

しかも、幸か不幸か家から近くて偏差値《へんさち》もちょっと背伸《せの》びすれば届く範囲《はんい》内だった上、僕自身も他に行きたいところがあったわけじゃなかったから、姉さんの意向は何の障害もなくすんなりと通ってしまった。

まあ、仮に他に志望校があったとしても、確実に押し切られていただろうことは想像に難くないけど……。

「か、家庭の事情、かな」

「……ふむ。何やら複雑なようだな。まあいい。で、どうなんだ？　俺のコレクションに対する感想のほどは」

「あ、えーと……、うん、皆《みんな》可愛い……と思う」

自然と声のトーンが下がってしまう。

でも壮次郎は、それをまた姉さんや秋穂と比べるとそうだろうと勘違《かんちが》いしてくれているらしい。そういうわけじゃないけれど、そんな誤解のされ方ならありがたかった。

「うーむ、さすがは咲也だな。お前を唸《うな》らせるにはもっとレベルが高くないとダメということか。まあいい、まだコレクションは残っているのだ。どんどん見ていくがいい」

そう言って壮次郎が次々と画像を切り替《か》えていく中、ふと動きを止めた。

見ると、画面には長い黒髪《くろかみ》をなびかせた美女が、柔《やわ》らかな笑みで会話しているところが写っていた。明らかに、今までの女の子達と比べてレベルが上だとわかる。

「ああ、この人は美人だね」

「咲也の眼鏡《めがね》にかなうとは、この人物は頭一つ抜《ぬ》けているようだ。彼女の名前は桜川静理《さくらがわしずり》という。二年生で生徒会役員だ。気に入ったならこの画像、お前のスマホに送るが？」

「い、いいよ。そこまでしなくても」

僕が慌てて断ると、壮次郎はほんの少し残念そうな顔をして「そうか」と言った。なんだか親切心をスルーしたような罪悪感があったので、僕は取り繕《つくろ》うように会話を続ける。

「で、でもあれだな。こうやって見ると、やっぱりうちの高校はレベル高いな。元女子高だからかな？」

「それは関係ないだろう。ただ女子の絶対数が多いから、容姿のレベルが高い女生徒の数も多いだけだ。割合が高いわけではあるまい」

壮次郎はスマホから目を離さないまま生返事気味にそう返す。どうやらコレクションの中から、これと思えるものをピックアップしているらしい。やがて目当ての画像を見つけたのか、うむと一つ頷いてから、再び僕へと差し出した。

「やはり何だかんだで、彼女が別格か」

「あれ？　この子は……」

そこに写っていたのは、どこかで見覚えのある少女だった。

小柄《こがら》な体。色素の薄《うす》い長い髪。静かな表情で本を眺《なが》める端整《たんせい》な横顔。

たかだかスマホで撮《と》った写真なのに、まるで名画のように感じさせる美しさだ。

確かに壮次郎の言う通り、別格という言葉がぴったりと当てはまるような。

「冷めた十代の咲也も、さすがに同じクラスの女子くらいは覚えているか」

「同じクラス………、ああ」

思い出した。最初にクラスで自己紹介《しょうかい》をした時に見た顔だ。

確か名前は、淡路美月《あわじみづき》。

一度も話したことはないけれど、確かに美人だなと思った記憶《きおく》はある。

でも結局のところそれだけなので、今の今まで忘れていた。

「淡路はやはり飛び抜けているな。造形的な意味はもちろん、あの物静かで儚《はかな》げなところなどいかにもお嬢様《じょうさま》という属性を感じさせる。事実、男子の中でも当然のように人気はトップクラスだ。あ、ちなみにお前の姉も同じトップクラスだが」

「確かに……、可愛いな」

……そんな情報はいらないです。

「咲也からその感想を引き出させるのは相当なものだ。だが知り合いになるのは難しいかもしれないな」

「どうして？」

「うむ……、はっきりとは言えないのだが、どこか近寄りがたい気配を感じさせるのだ。事実、彼女に話しかけた男子生徒は皆撃沈《みなげきちん》している。咲也ならあるいはいけるかもしれないが、難易度が高いのは間違《まちが》いない」

「いや、僕はそんなつもりないからな……」

そんな勝手なことを言い合いつつ、僕達二人はそろって頭だけを動かして振《ふ》り返る。

その視線の先には、数人の女子と食事をしている彼女の姿があった。

確かに壮次郎の言う通り、まるでどこかのお嬢様のような上品な仕草と雰囲気《ふんいき》だ。

でも、どこか人を寄せ付けないような、言うなれば壁《かべ》のようなものを感じると言うのもわかる。もっともそれは、僕や壮次郎が男子だからなのかもしれない。その証拠《しょうこ》に、同じ女子同士では特に孤立《こりつ》しているというわけでもないし、今も和やかに談笑している。

「まあなんにせよ、もし淡路を狙《ねら》うならそれ相応の覚悟《かくご》がいるという情報だ。さっきも言った通り人気はかなり高い。競争率だって同じことだ。咲也も彼女を作るのなら参考にしておくといい」

彼女、か。

はっきり言って、女性が苦手な僕としては、彼女なんて欲しいとも思わないし、作ろうとしている僕自身も想像できない。

もちろんそれじゃいけないってことはわかるけど、長年の、それこそ生まれてこの方ずっと積み重ねてきた経験が、僕を強く思い留《とど》まらせるのだ。

恋《こい》をしたことも、女の子を好きになったこともない。

恋愛《れんあい》とは、異性に抱《いだ》いた幻想《げんそう》を相手にするものだとかいう話を聞いたことがあるけど、それが事実なら、その幻想自体を抱けない僕は恋愛なんてできないということだろうか。

……それこそ、考えたってどうしようもないことなのかもしれない。

僕は弁当の残りをつつきながら、ぼんやりとそんなことを考えていた。

本当は、いつかこんな僕でも恋のできるような女性が現れるんじゃないかという淡《あわ》い希望を引きずっていたんだけれど、それを素直に認めるには、僕の人生はあまりにも蹂躙《じゅうりん》されすぎていた。

まだあるぞ、と意気揚々《いきようよう》とコレクションを見せつけてくる壮次郎に苦笑しつつ、僕は食べかけていたコロッケを口に入れた。もうすぐ、昼休みも終わりだった。

「おっとすまねー。ちーっと待たせちまったな」

「あ、いえ、大丈夫《だいじょうぶ》です」

放課後。僕は職員室で、担任の千林《せんばやし》先生と向かい合っていた。

悪い悪いと言いながら、先生は金色に輝《かがや》く長髪《ちょうはつ》を揺《ゆ》らして自分の席に座り、ぎょろりと鋭《するど》い視線で僕を見据《みす》えた。もう慣れたとは言え、女性とは思えないその眼光を前にすると、あまりの迫力《はくりょく》で思わず背筋が伸《の》びる。暴走族をたった一人で壊滅《かいめつ》させたとか、反社会的勢力の事務所に単身突撃《とつげき》して無傷だったとかいう無責任な噂《うわさ》を聞いたことがあるけど、この人ならひょっとして……と、思わせるところが凄《すご》い。

「いやー、なかなか見つかんなくてな。資料室引っかき回して探したぞ」

「わざわざすいませんでした、千林先生」

「おいこら、苗字《みょうじ》で呼ぶなっつってんだろ」

ほんの少し声が低くなるだけで、凄みが一気に増す。僕は自分の迂闊《うかつ》さを後悔《こうかい》しながら、慌《あわ》てて言い直した。

「す、すいません……、イっちゃん先生……」

よし、と嬉《うれ》しそうに頷く様子を見て、僕は内心ヒヤヒヤしながら、初めて会った時のことを思い出す。先生が教壇《きょうだん》に立って初めて口にした言葉は「あたしのことはイっちゃんと呼べ！」だった。

千林ミリアム一花《いちか》。

黒板にデカデカと書かれた名前を背に、教室全体を威嚇《いかく》するような目で眺め回していた光景は、おそらく一生忘れられないと思う。

アメリカ人の母を持つハーフで、金髪《きんぱつ》はもちろん地毛だそうだ。口調が砕《くだ》けすぎと言うか、ざっくばらんと言うか、見た目も相まってまるでヤンキーにしか見えないのだけれど、性格は至って普通《ふつう》で面倒《めんどう》見もいいため、実は生徒から非常に人気のある良い先生だったりする。

「まっ、遅《おそ》くなったのは途中《とちゅう》で保健室に呼ばれてお茶してたからなんだけどな。いやー、テメーのことすっかり忘れてたわ。ごめんごめん！　はいこれ」

……性格が大雑把《おおざっぱ》すぎるところが玉に瑕《きず》なんだけど……。

僕は力なく笑いながら、学校指定の大きめの封筒《ふうとう》を先生から受け取った。中身は受験生用の学校資料。もう入学してしまっている僕には必要じゃないけれど、高校受験でここを目指している秋穂に頼《たの》まれたのだ。

ちなみに秋穂の志望動機はずばり「お兄ちゃんがいるから」。

完璧に予想通りの答えだったけど、そこは兄らしく、そんな理由で高校を選んじゃいけません、となけなしの威厳《いげん》を込めて言っておいた。

それで返ってきた反応は、嵐《あらし》のような罵詈《ばり》雑言《ぞうごん》と、罰《ばつ》としての女性用下着ショップへの同伴《どうはん》買い物だったのは、思い出したくない記憶だ。

「しっかし、なんでまたそんなもん必要なんだよ」

イっちゃん先生の当然とも言える質問に、僕は真の動機を隠《かく》しつつ、秋穂のことを説明する。身内の恥《はじ》を表沙汰《おもてざた》にする必要などないので。

「はー、妹ねぇ。そう言えばテメー、三年の九条《くじょう》が姉だったっけ？　三姉妹揃《そろ》ってわざわざここを選ぶなんて、なんか理由でもあるのかねぇ」

「あの……、三姉妹じゃないです。僕は男です……」

「わかってるって！　ちょっと言い間違えただけだ。テメーは男だし、あたしは細かいことに気がつく繊細《せんさい》な心の持ち主だし、郵便ポストは赤い。うん、当然のことだな！」

二番目のそれには激しくダウトと言いたいところだけど、イっちゃん先生相手に口答えするのは色んな意味で怖《こわ》いので、とてもじゃないけどできません。

僕は改めてお礼を言って、職員室を後にした。

片方の手には鞄《かばん》を持ち、もう片方で封筒を抱《かか》えながら、廊下《ろうか》を走る。窓から外を眺めると、もう空は夕暮れの朱《しゅ》に染まっていた。ただ学校資料をもらうだけだったのに、思いのほか時間をくってしまったらしい。

もうすぐスーパーの特売の時間なので、台所を預かる身としては急がなくてはならない。父さんが海外に単身赴任《ふにん》することになり、結婚《けっこん》してもう二十年くらい経《た》つのに未《いま》だに新婚《こん》気分な母さんも、子供達を放り出してついて行ってしまったのだ。

高校生と中学生ならもう身の回りのこともできるでしょ、という信頼《しんらい》とも放任ともつかない言葉を残し、嬉しそうに出て行った母さんの顔が思い浮《う》かぶ。

そして家の中の仕事、特に台所回りのことは当然のように僕がやることになったというわけだ。料理は好きだから別にいいけどさ。いやほんと、負け惜《お》しみじゃなくて。

とにかく、そんな理由で食材調達のための特売は、僕にとっては超《ちょう》重要イベントなので、今もそれに間に合うように急いでいるというわけだ。

「――――っ!?」

廊下を走ってはいけないという決まりも忘れて進んでいるうちに、急に横合いから人影《ひとかげ》が飛び出してきた。

いきなりのことで避《よ》けられるはずもなく、僕は思いっきりそれとぶつかってしまう。しかも鳩尾《みぞおち》に何かがクリーンヒットしたらしく、思わずその場に倒《たお》れこんで悶絶《もんぜつ》した。

「う……、ぐぐ……」

「い、痛た……」

見ると、その人影は女生徒だったらしく、頭を押さえてうずくまっている。

それが凶器《きょうき》か……と、痛みに涙目《なみだめ》になりながら観察していると、女生徒が顔を上げた。

「す、すいません……、大丈夫ですか？」

「あ」

それは、昼休みに話題に上がったばかりの人物、淡路美月だった。

むこうは倒れた拍子《ひょうし》に頭をぶつけたらしく、後頭部をさすりながら申し訳なさそうにこちらを見上げている。

どくりと、心臓が変な音を立てて動いた。

間近で見ると、改めて可愛《かわい》いと思える顔立ち。痛みからか、少し目尻《めじり》に涙が光っているのが驚《おどろ》くくらい綺麗《きれい》だった。でも、妙《みょう》な鼓動《こどう》の原因はそっちじゃなくて、すぐ傍《そば》に特に親しいわけでもない少女がいるという事実が、僕に嫌《いや》な緊張感《きんちょうかん》を走らせる。

「……っ、……ぼ、僕は大丈夫です。それよりそっちは」

「あ、私はこれくらい平気です……………って！」

彼女は柔和《にゅうわ》な笑みを浮かべていたかと思うと、いきなり血相を変えてきょろきょろし始めた。その急激な変化に僕がついていけないでいると、彼女は何かを見つけたらしく、視線をぴたりと固定した。

つられて、僕も同じ方向を見る。

「……？　あれ？　封筒が二つ」

「あああああああ！」

彼女が目にもとまらない速さで手を伸ばし、床《ゆか》に放り出されていた二つの封筒の内一つを拾い上げると、絶対に渡《わた》さないとでも言うように強く抱《だ》きしめた。

「ひ、一つは私のです！　これ、私のです！　だから気にしないで！」

「いや、気にしないでって言われても……」

どう考えてもその態度は、逆の意思表示にしかなっていない。

「何でもありませんから！　ぶつかってすいませんでした！　お元気で！　さようなら！」

言うが早いか、彼女は封筒を抱《かか》えたまま、凄《すさ》まじい速度で去って行った。

後に残された僕は何が何だかわからずに、しばらく呆然《ぼうぜん》とするしかなかった。

「何だったんだ……？」

その一言には色んな意味が込められている。

何をあんなに慌てていたのか。

あの封筒が何だというのか。

いや、そもそも淡路美月ってあんなキャラだっけ？

もうちょっとこう、物静かで儚《はかな》げなお嬢様《じょうさま》って言われてたんじゃなかったっけ？

少なくとも、今さっきの出来事からはそういったイメージはまるで感じられなかった。

むしろあの慌てぶりは、そういった印象とは真逆だったような気がしないでもない。

「って、こんなことしてる場合じゃない！」

僕はしばらくの間、ぼんやりと淡路さんの去って行った方を見つめていたけど、やがて我に返って立ち上がると、放り出されていた鞄と封筒を拾ってまた駆《か》け出した。

特売は待ってはくれないのだ。ちょっとしたハプニングでまた時間を使ってしまったのが痛いけど、今ならまだ間に合う。

僕は淡路さんのことをもうすっかり頭の中から消し去って、スーパーへと向かった。

まさかこのちょっとした事故が原因で、後々地獄《じごく》が目の前に広がるなんてことになるとは、この時点では知る由もなかった。


家に帰り、自分の部屋に鞄を放り込むと、秋穂の部屋へと向かった。

『お兄ちゃんはうぇるかむ』と書かれたボードがドアにぶら下がっているけど、それは華《か》麗《れい》に無視してノックする。が、返事はない。まだ帰っていないのだろうか、と思いながらそっとドアを開けると、やっぱり人の気配はなかった。

とりあえず置いておけばいいだろうと思って、部屋の真ん中にあるテーブルに向かい、軽く封筒を放り投げる。その時、口がしっかり閉まっていなかったのか、中身が少し出てしまいテーブルの上へと広がったので、慌てて入れ直そうと近寄った時、気がついた。

「な、なんだこれ……？」

封筒からはみ出していたものは、学校資料なんかじゃなかった。

写真、写真、写真の束。しかも写っているのは、全部同じ女子に見える。

もちろん、身に覚えなどあるはずもない。どういうことかわからないながらも、この子どこかで見たような……？　なんてことを混乱した頭のまま考えつつ、その写真に手を伸ばした時だった。

「たっだいまーっ！　あ、お兄ちゃん？　勝手に人の部屋に入って何してるの？　ひょっとしてわたしの秘密でも探ろうっていうつもり？　やだなぁお兄ちゃん。わたしはお兄ちゃんに秘密にすることなんて、なーんにも……」

ちょうど帰ってきた秋穂が、自分の部屋で固まってる僕を見て思いっきり抱《だ》きつきながらまくしたてる。でも、その言葉は僕の肩越《かたご》しにテーブルの上に広がるものを見て、途中で止まってしまった。

「……何かな、この写真」

耳元で聞こえる声が冷たい。真冬の朝、布団の外に漂《ただよ》う空気並みに底冷えしている。

「いや、何と言われても……」

僕にもわからない、と普通に返そうとしていたこの時の僕は、きっと意外な出来事に頭がどうかしていたに違《ちが》いない。理由も状況《じようきよう》もどうだっていい。後回しでかまわない。とにかく一刻も早く秋穂をなだめて事態を収拾すべきだったんだ。

「あら？　二人とも帰ってるの？　どうしたのよ、秋穂の部屋で」

姉さんがいつの間にか部屋の入り口に立っていた。

硬直《こうちよく》したまま身動きしない僕達に不思議そうな顔で近づいてきて、そのままテーブルの上にあったブツを見つける。なんだか、部屋の温度がさらに下がったような気がした。

その後のことは、よく覚えていない。姉さんと秋穂の二人が無表情のまま目配せしたかと思うと、何だか凄まじい勢いで僕に飛び掛《か》かってきた辺りから、記憶《きおく》が途絶《とだ》えている。

そして、僕がようやく冷静な思考を取り戻《もど》したときには、もう全てが手遅《ておく》れだった。

「裁判を始める。被告人《ひこくにん》である九条咲也は起立しなさい」

「……椅子《いす》に縛《しば》られてて立てない」

「じゃあ座ったままでもいいわ。どうせ意味はないから」

どうしてこんなことになったのだろう。

テーブルを挟《はさ》んで向かい側に座る姉さんと、その横にいる秋穂をぼんやりと眺《なが》めながら、僕はもうこの状況につっこみを入れる気力すらなかった。

が、現実逃避《とうひ》を許してくれるほど、この二人が甘いはずもない。

「では審判《しんぱん》を始めるわ。あ、その前に判決から。死刑《しけい》ね」

「待った！　判決から入る裁判なんてあってたまるか！」

「刑は確定しているんだから、その方が手っ取り早いでしょ？」

「いや、そもそも裁判って何だよ！　僕が何をしたって言うんだ！」

「それはこれから明らかになるわ。じゃあ検察の秋穂から、罪状の説明を」

「……ところで、これを聞くのは何だか非常に怖いんだけど、僕の弁護士は一体どこにいるんでしょうか？」

「いないわ」

「いるわけないじゃん！　バーカ！」

ダブルで即答《そくとう》された！　秋穂に至っては舌まで出している！

裁判官と検察しかいない裁判。人はそれを魔女《まじょ》裁判と言うんだ。

ああ、確かにここにいるのは魔女だな！　なんだ納得した！

「って納得できるわけないだろ！　弁護士を、弁護士を要求する！」

「弁護が必要なら自分ですればいいんじゃない？」

そうか！　こうなったらこの理不尽《りふじん》な状況を自分の力で打破するしかない。

過去、これと同じような苦境には数え切れないほど立たされてきたけど、今まで一度たりとも突破《とっぱ》できたためしがないのが悲しいところだ。

「ちなみに、発言自体も私達の許可なくすることは許されないわ」

「……それってつまり、弁護の余地はないってこと？」

「そうよ」

「そうに決まってるじゃん！　バーカ！」

ダブルで即答された！　秋穂に至っては中指を立てている！

女の子がしていい仕草ではないので、そこは注意しておいた。

「じゃあまず、わたしの方から証拠《しょうこ》の品を提出するよ」

そう言って秋穂が取り出したのは、例の封筒《ふうとう》だった。

その瞬間《しゅんかん》、先ほどの秋穂の部屋での出来事が急激に頭の中によみがえり、明らかにヤバイということを今更《いまさら》ながらに自覚する。が、そんなことはおかまいなく、秋穂は封筒を逆さにし、中身を思いっきりテーブルの上へとぶちまけた。もちろん中身は頼《たの》まれていた資料なんかではなくて――

「しゃ、写真……」

「そう。ただし、写ってるのは全部同じ女の子」

ぞくりと、背中に悪寒が走った。

姉さんの言葉に込められた殺気を、もろにくらったのだ。

「い、いや、これは違《ちが》うんだ！　何かの間違いなんだよ！　僕は確かに頼まれた学校資料を……って、あれ？　この写真に写ってるのは……」

長い黒髪《くろかみ》と、写真越《ご》しからでも伝わってくるような落ち着いた雰囲気《ふんいき》を持つ女性。どこかで見たことが……って言うか、そうだ、これは今日の昼休みに見た壮次郎の盗撮《とうさつ》コレクションの中にあった姿じゃないか。

確か名前は――

「その子はうちの学校の二年生で、名前は桜川静理。生徒会役員として人望も厚く性格も穏《おだ》やかで、女の子の中でも一目置かれてる存在よ。まあ、持ち主なら当然それが誰《だれ》か知ってるでしょうね？」

にっこりと、満面の笑みを浮《う》かべる姉さんだったけれど、その下には見るも恐《おそ》ろしい般《はん》若《にゃ》が隠《かく》れているということがはっきりとわかる。秋穂は秋穂で不機嫌《ふきげん》な様子を隠そうともせず、今にも噛《か》み付いてきそうな顔をして身構えている。

恐ろしい。

自分の与《あずか》り知らないところで、いつの間にか人生の危機に陥《おちい》っているというこの状況が心底恐ろしい。とにかく今は誤解を解かなくては！

「も、持ち主って！　僕はこんな写真知らないぞ！」

「じゃあなんでお兄ちゃんが持って帰った封筒からこんなのが出てくるわけ？　説明できないじゃん。はい論破。死ね」

秋穂がくいっと親指を下に向ける。

地獄に落ちろ。英語で言うと、ごーとぅーへる。

一切の容赦《ようしゃ》がない、破滅《はめつ》を表すジェスチャーだ。

まずいまずい非常にまずい！

僕だっていきなりのことで何が何だかわからないんだ。

でも今はそんな悠長《ゆうちょう》なことを言っている場合じゃない。何としてもこの場を切り抜《ぬ》けないと僕の人生が危険で危ない！

「あ、それと証拠はこれだけじゃないわよ？」

僕が回転不良を起こしている頭を使って必死に名案をひねり出そうとしていると、姉さんはさらににこやかな顔で小さな封筒を取り出した。

学校のものじゃない。淡《あわ》いピンク色で、ハートマークのシールで封《ふう》がされている。

あーなんだかどこかで見たような、実にわかりやすいものだなー……、なんてありきたりなことを余裕《よゆう》で考えたりしているけど、その思考の背景では危険を報《しら》せるサイレンがけたたましく鳴り響《ひび》いていた。

「これは、ずばりラブレターね」

「ら、らぶれたぁ？」

脳がついて行ってないので、思わず鸚鵡《おうむ》返《がえ》しになってしまう。

サイレンがどんどんと近づいて来るのがわかった。

「そう。日本語で言うところの恋文《こいぶみ》。意中の相手に秘めた想いを伝える奥ゆかしくも人間的な営みの結晶《けっしょう》ね」

上手い表現ですねー、と僕は太鼓持《たいこも》ちのように褒《ほ》めそやすけど、その声は棒読みだった。

点数を稼《かせ》いだところで事態は良くならないということを知りつつ行う、涙《なみだ》ぐましくも愚《おろ》かしい行為《こうい》なのだ。

「さて、証拠を検分した結果、これが咲也ちゃんが持ち帰ったという封筒の中から、女の子の写真と一緒《いっしょ》に出てきました。と、いうわけで早速中を見てみましょう」

「ちょ!? ちょっと待った! それはいくらなんでも人としてダメな行為だろ!?」

「確かに他人の手紙を勝手に見るとか許されることではないわ。でも咲也ちゃんは他人じゃないから」

「うん。お兄ちゃんのものは全部わたし達のものだし」

さらっと言われた! 内容的にとんでもないことをさらっと言われた!

これはジャイアニズムですか? はい、九条姉妹です。

「いや、待て。それはおかしい。何もかもおかしすぎて何からつっこんでいいかわからないけど、とにかくおかしいぞ! 僕にプライバシーはないのか!?」

「あるわけないじゃん」

「平然と言い切った!?」

「でも、それは私達も同じ。私達のことも咲也ちゃんにはフルオープンよ?」

……そう言えばそうだった。

訊《き》いてもいないのに色々と生々しい話をしてくるのはこの二人の常だ。あれってそういう意味だったのか……。

「だからわたしだってスリーサイズとか、下着がタンスのどこにあるかとか全部お兄ちゃんに教えてるじゃん。部屋にもどんどん入ってきていいし、スマホもパソコンも好きなように見ていいよ？」

「見ない！　見ないから！　それにそんなの教えなくていいから！」

「ちなみに、お気に入りの柄《がら》はピンクの縞々《しましま》だよ！　上から三番目の引き出しに入ってるから、あとで確認して感想よろしく」

「感想なんてあるわけないだろ！」

「あ、ごめん……。やっぱり実際に身に着けてないと感想出すのも難しいよね……。今から着替《きが》えてくるからちょっと待ってて！」

「そういう意味じゃないからね!?」

ここは日本で僕達は日本語で会話をしているはずなのに、一向に意思の疎通《そつう》ができないこの不具合はバグか何かですか？

「いいえ、仕様よ」

「……姉さんは姉さんで勝手に人の心を読まないでくださいますかね！」

そこまでプライバシーがなかったら、いよいよ僕は思考そのものを閉ざす必要が出てくるかもしれない。

「こほん……、とにかくそういうわけだから、この咲也ちゃんのラブレターを見るのも何の問題もないということになるわけです。それにこれは重要な証拠品なんだから、ちゃんとしっかり調べないとね」

うふふと朗らかに笑いながら姉さんは封を開けて中身を取り出す。笑顔とはもともと威《い》嚇《かく》のための表情だって、そう言えば何かで見たな。うん。

もう本当に考えるの止《や》めよっかなー……、と僕があまりに辛《つら》いこの現実から目を背けかけていると、姉さんはいそいそといった感じで丁寧《ていねい》に封を開けて、中の手紙を読み始めた。

「…………これは……、まさに王道って感じのラブレターね」

「ちょ、わたしにも見せてよお姉ちゃん！」

ああ、ラブレターなんてプライバシーの最たるものが白日の下に晒《さら》されている！

……いやまあ、僕のじゃないんだけどさ。

でも待てよ。本当にあれは僕のじゃない。この写真の束だって全然知らないし。じゃあ一体あれは何なんだ？

「どう咲也ちゃん。これを見てもまだシラを切るつもり？」

そう言って姉さんは、僕の知らない僕のラブレターを見せ付けた。

一枚の便箋《びんせん》に書かれた、か細い文字。

ずっと憧《あこが》れていました。

ダメだと思いながらも、この気持ちを抑《おさ》えることができません。

好きです。どうか付き合ってください。

どこまでも真っ直ぐな言葉の羅列《られつ》はそれで終わり、そして最後には署名が……ない。

「感想のほどは？」

「……これは、確かにラブレターだ」

「よし。お兄ちゃんは罪を認めました。これより刑《けい》の執行《しっこう》をします！」

僕が呆《ほう》けたように感想を述べると、いきなり検察官が処刑人に変身した！

急激に意識が現実に引き戻《もど》される。

「は⁉　いや待て！　だから違《ちが》うんだって！　これは僕のじゃない！」

「えー？　お兄ちゃんが持ってきた封筒から出てきたんだよ？　お兄ちゃんのじゃなかったら誰のだってーの」

誰の？

そうだ、僕のものじゃないなら、他の誰かのものなんじゃないか！

あまりにも悲惨《ひさん》な展開に止まったままだった頭が、ここにきてようやく回り出す。そして、真っ先に思いつかないといけない可能性が今更《いまさら》ながら頭に浮かんだ。

「あ！　あの時入れ替《か》わったのか！」

そうだ。廊下《ろうか》で淡路さんとぶつかった時だ。

確かにあの場には同じ学校の封筒が二つあって、彼女はその片方を拾って行ったんだ。

「……ということは、そうだ！　これは淡路さんのものだよ！」

「淡路さん？」

「お兄ちゃんのことだから、またどうせ女の名前だよ……！」

どういう意味だそれは。いや、当たってるけど。

僕はジト目の秋穂を努めて無視して、放課後の出来事を説明した。ここが正念場ということで、僕の説明は本当に文字通り必死なものだったけど、聞いている二人はどこか白けた雰囲気だ。乾《かわ》いた視線がとっても痛い。

「……お兄ちゃん、ウソならもっとマシなのつきなよ。その淡路さんとかいう女の人が、これの本当の持ち主だって言うの？」

「だからさっきからそう言ってるじゃないか！　それ以外考えられないんだって！」

「異議ありだね！　被告人《ひこくにん》は罪から逃《のが》れるためにウソをついている！　だってもしお兄ちゃんの言ってることが本当なら、その淡路さんって女の人が、この写真の女の人にラブレターを書いたってことじゃん！」

うっ……、確かに言われてみればその通りだ。そこには僕自身も納得のいく説明ができない。でも、中身はともかく状況《じょうきょう》からして淡路さんが封筒《ふうとう》を取り違えたことに間違いはないはずだ。

「さあさあお兄ちゃん、そんな無茶苦茶な言い訳なんて通るわけないんだよ？　妹を出し抜くことができる兄などこの世にいない！　そうとわかったらもうさっさとゲロっちゃいなよ。今ならわたしも情状酌量《しやくりよう》の余地がないでもないんだからさ」

「い、妹に司法取引を持ちかけられた……」

一瞬《いつしゆん》気持ちがグラつきかけたけど、さすがにここで折れるわけにはいかない。秋穂の情状酌量なんて信用できない上、ことによると減刑《げんけい》どころか事態が悪化する可能性の方がはるかに高いからだ。

その後しばらくの間、秋穂と僕はウソだほんとだと言い争っていたのだけれど、ふと姉さんがさっきから一言も口をきいていないことに気がついた。

秋穂もそれに気づいたらしく、お互《たが》い顔を見合わせる。

「あ、あの～……、姉さん？」

「どうしたのよお姉ちゃん。黙《だま》り込んでさ」

「……無罪ね」

ぽつりと呟《つぶや》かれたその言葉に、僕と秋穂は同時に「へ？」と気の抜けた声を出した。

「む、無罪？　ど、どうしてなのお姉ちゃん！」

「どうしても何も、咲也ちゃんの今の説明はウソじゃないってことよ」

「ね、姉さん……！」

感動した。泣きそうだ。やっぱり姉さんは優しい人なんだ！

「そもそも咲也ちゃんの身体《からだ》は、私達にウソなんてつけないようにちょうきょ……教育済みでしょ？」

「あーそう言えばそうだった」

おいちょっと待て。

「でもそれだと変じゃん！　この写真とラブレターはどういうことなの？」

「そ、そうだ。無罪なのは嬉《うれ》しいけど、それは僕もわからない。あ、あといい加減この縄《なわ》をほどいていただけますか！」

「どういうことも何も、そういうことはあり得るってことよ」

姉さんの説明になっていない説明を聞いて、僕は首を捻《ひね》るしかなかった。対照的に、秋穂は顔をしかめながらも「まさか……」と漏《も》らす。

「そういうことってそういうこと？」

「そういうこと」

「二人だけでわかってないで僕にも説明してくれ。あと縄をほどいていただけますか！」

以心伝心チックに二人だけでわかり合っているのは、仲間外れみたいでちょっとだけ寂《さび》しかった。

「説明ってほどのものはないわよ。女の子が女の子にラブレターを書くことも、時にはあるってこと」

「……ま、あるかなー。わたしには、正直その感覚はわかんないけど」

「え？　なんで同性にラブレターなんて書くんだよ。あと縄」

「別に、咲也ちゃんは知らなくてもいいことよ。あらゆる意味で関係ないしね。でもまあ、あのラブレターが咲也ちゃんのじゃなくて、本当によかったわ」

「……もし仮に僕のだったら、どうなってたんだ？」

「死刑《しけい》よ」

「死刑に決まってんじゃん！　バーカ！」

ダブルで即答《そくとう》された！　秋穂に至っては首をかき切る動作をしている！

人生一寸先は闇《やみ》か！

最悪の事態が回避《かいひ》できたのは感謝するけど、こんな諺《ことわざ》を実感なんてしたくなかった！

僕は安堵《あんど》のため息を吐《つ》きつつも、一刻も早くこの魔女《まじょ》裁判の場から逃《に》げ出すため、縄をほどいてもらえるよう再び直訴《じきそ》しようと姉さんを見上げた。すると姉さんは、桜川先輩《せんぱい》の写真をじっと見つめているところだった。その顔からは、さっきまで張り付いていた恐怖《きょうふ》の微笑《びしょう》が消えていて、代わりに何かを考え込んでいるような様子が見て取れた。

「…………？　桜川……」

「……どうしたの？　姉さん」

そんなことより縄を、と言いかけたけど、意外に真剣《しんけん》な雰囲気《ふんいき》だったので口には出せなかった。そうこうしているうちに、秋穂がいかにも不満そうな顔をして口を開いた。

「あーあ、つまんない。これじゃあ裁判にかこつけてお兄ちゃんにやりたい放題する計画が台無しになっちゃったなー」

「おい待て秋穂。お前今とんでもなく不穏《ふおん》なことを口走ったぞ！」

「あら、大丈夫《だいじょうぶ》よ秋穂。そんなことしなくても、好き放題しちゃったらいいじゃない」

「姉さん⁉　戻ってきたと思ったら何をおっしゃってやがりますか⁉　と、とにかくこの縄を早く——」

「あ、そっか」

そっかじゃない！

ニヤッと不敵な笑みを浮《う》かべながら、二人が近づいて来る。

身動きができずに迫《せま》られる恐怖！　あれだろうか、釣《つ》りのエサになった気分ってこんな感じなんだろうか！

その後、僕は二人の玩具《おもちゃ》にされてその日の夜を過ごした。

ちなみに、この玩具というのは隠喩《いんゆ》ではなく直喩《ちょくゆ》だ。人を騒《さわ》がせた罰《ばつ》だとか何とか言っていたけど、今となってはどうでもいい。ただ一刻も早く忘れたい。それだけだ。

そして僕は長年の経験から生み出した処世術を駆使《くし》して今日の出来事を頭から追い出すことに成功した。そのせいか、あのラブレターと写真のこともついでに忘れてしまった。

もちろん次の日の朝、テーブルの上に散乱したそれらを見つけて、色んな意味で頭を抱《かか》えることになったのは言うまでもない。

▼

「昨日はすいませんでした。私慌《あわ》てて、うっかり九条くんのを持って帰っちゃって」

次の日学校で、僕は淡路さんに封筒を返した。

内心はどうやって話を切り出そうか迷っていた上、特に親しいわけでもない女子に話しかけるということだけで僕にとっては一大事だったわけだけど、教室に入るとすぐに向こうから話しかけてきてくれたので本当に助かった。

「あ、あの、こっちこそごめん。あの時は僕も急いでたから、よく確かめもせずに……。あ、それと中身のことだけど――」

「いいえ、悪いのは私です。だから九条くんは気になさらないでください」

僕が言い訳がましいセリフを口に出そうとした時、淡路さんはそれを遮《さえぎ》るようにして口を開いた。僕を気遣《きづか》うような、どことなく申し訳なさそうな笑顔が、お嬢様《じょうさま》然とした雰囲気と柔《やわ》らかく溶《と》け合う。

これは、やっぱりそういうことなんだろうか。

状況から見て、お互いがそれぞれの中身を見たのは明らかだ。でも、それをわざわざ確認する必要もなければ、敢《あ》えて話題にすることもない。何しろ淡路さんのそれは、同性に宛《あ》てたラブレターなんてコアな代物だ。そんなものを同じクラスの、しかも男子に見られたとなれば、普通《ふつう》なら何としてでも言い繕《つくろ》いたいはず。

「私、ほんとにドジで、いっつもどこかが抜《ぬ》けちゃってて、自分でも嫌《いや》になるんです」

見ると、淡路さんの笑顔はどこか不安げに陰《かげ》っているようだった。細かい身振《みぶ》り手振りを加えながら、必死に言葉を紡《つむ》ぎ出しているその姿は、まるで僕に何かを詮索《せんさく》されるのを恐《おそ》れているようで。

「だから、その……、本当にすいませんでしたっ」

こっちが恐縮《きょうしゅく》するくらい丁寧《ていねい》に頭を下げられた。しかも、どこかすがるような視線が上目遣《うわめづか》いで向けられる。そうさせているのが僕だという事実が、こんなにも淡路さんを不安にさせているのが僕だという状況が、たまらなく申し訳ない。

「……いや、僕は何も気にしてませんから、大丈夫ですよ」

言外に、中身については追及も何もしませんという意図を込めながら、僕は淡路さんを安心させるようにゆっくりと答えた。

それを聞いた淡路さんは、最初きょとんとしていたものの、すぐにわかったように、ほんの少し頰《ほお》を染めて、今度は感謝するようにペコリとお辞儀《じぎ》を返す。

不安の色が消えた笑顔はどこまでも素直で可愛《かわい》らしくて、確かにこれは男子が放っておかないはずだなんて、柄《がら》にもないことを考えてしまった。

よし、忘れよう。

淡路さんの封筒に入っていたものは忘れる。

僕は何も見なかったし、そもそも封筒って何って感じだ。

それでいいじゃないか。この件はそれでおしまい。誰《だれ》も何も気にすることはない。

僕は話を切り上げて自分の席に戻《もど》ろうとした……が、呼び止められた。

「あ、そうだ。九条くん、今日の放課後なんですけど、お時間はありますか？」

「へ？　ほ、放課後？」

「はい。あの……、少し、相談したいことがあって」

最初、彼女が何を言っているのかわからなかった。

そもそも僕が淡路さんとまともな会話をしたのはこれが最初なわけで。クラスメートと言ってもまだたかだか一ヶ月程度。知り合いレベルでさえない関係で相談？

あまりにも意外なその言葉に、僕がまじまじと無遠慮《ぶえんりょ》に見つめていると、淡路さんは恥《は》ずかしそうに目をそらした。

「は、はい……。九条くんにだけ、聞いていただきたいことが……」

「時間はあるけど……、でも、相談って」

「ここではちょっと言いにくいことなんです。できれば二人だけで……、その、ゆっくりとお話がしたくて……。ダメでしょうか？」

胸に手を当てながら、真剣な眼差《まなざ》しでこちらを見上げている。それでも、断られたらどうしようといった不安な様子は隠《かく》しきれていなくて、僕の答え次第では泣き出してしまうんじゃないかと思うくらいに小さく見える。

ふと気がつくと、教室が妙《みょう》に静まりかえっていて、どうやらいつの間にか皆《みんな》が僕達の会話に注目しているようだった。本人の物静かな性格とは裏腹に、何かと目立つ美少女お嬢様が、一体何をしているんだろうといった好奇《こうき》の視線がはっきりと感じられる。

……まさか、こんな状況《じょうきょう》で断ることができるはずもなかった。

「いい、けど……」

「よかった……。ありがとうございます。ではまた放課後に……」

しかし当の淡路さんはそんな雰囲気に気づいた風もなくそう言うと、ほっと安堵の息を吐いて頭を下げた後、自分の席へと戻って行った。それを機に、教室には何事もなかったかのようにいつもの喧噪《けんそう》が帰ってくる。

遠巻きに眺《なが》めていた壮次郎が近寄って来て、あの淡路と知り合いになったのか？　と昨日の今日で当然の質問を投げかけてきたけど、それに答える余裕《よゆう》はなかった。

何だか気分が落ち着かない。

普通なら、大人気の美少女である淡路さんと知り合えたことを嬉しがる場面なのかもしれない。でも、残念ながら僕はそういったことを感じる部分をあの暴虐《ぼうぎゃく》姉妹によって綺麗《きれい》さっぱり摘《つ》み取られている。

だから後に残るのは、女子に誘《さそ》われたという事実に対する不安と、相談という言葉が醸《かも》し出すどこか腑《ふ》に落ちない感覚だけだった。もちろん前半については、本当は健全な男子高校生が感じるべきものじゃないわけだけど……。

僕は壮次郎からの詰問《きつもん》に生返事をしながら、どこかすっきりとしない気分でその日を過ごすことになった。でもまあ、あの淡路さんのことだから、別に心配しなくても大丈夫だろう、と思って安心しきっていたのも事実なわけで。

女の子に夢を見てはいけないなんてことは、わかりきっていたはずなのに――

そして放課後。

淡路さんに呼び出された場所は、実習棟《とう》にある使われていない教室だった。

他の人には聞かれたくない話なので、と恥ずかしそうに笑っていた彼女だったけど、それにしたってもっと別の場所もあるだろうに。

そう思いながら教室に足を踏《ふ》み入れると、後ろで扉《とびら》の閉まる音が大きく響《ひび》いた。まるで乱暴に叩《たた》きつけるようなその音に、僕は反射的に振《ふ》り向く。そこには、後ろからついて来ていた淡路さんが、扉を背に仁王立ちしていた。顔を少し伏《ふ》せているので、その表情を窺《うかが》い知ることはできなかったけれど、ここに来てさっきまでの正体不明の感覚が何だったのかを知ることになる。

嫌な予感がする……っ！

「あ、あのー……、淡路さん？　一体どうし」

「ふ、ふふふ……」

奇妙《きみょう》な音が、静まりかえっていた教室内に響く。

いや……、笑い声、なのか？　これ。

顔を伏せたまま肩《かた》を小刻みに揺《ゆ》らすその姿は、はっきり言ってかなり怖《こわ》い。

「まさか、見られちゃうとは思わなかったわ……。しかも、男に」

豹変《ひょうへん》って言葉は、こういう場面で使われるのだろうか。

淡路さんから発せられる気配がいつの間にか剣呑《けんのん》なものに変わっている。僕はここで、自分が相手の罠《わな》の中に足を踏み入れたことをようやく悟《さと》った。

「ちょ！　待った！　見られちゃったたって中身のこと？　確かに見たけど！」

「九条さくやあああああああ!!」

伏せられていた顔が上げられる。

いつものお嬢様然とした淡路さんの面影《おもかげ》は、もはやない。

そこにあるのは、目の前の獲物《えもの》を狩《か》ろうとする野生の表情。

目が見開かれていて、しかも口元が少し笑っているのは、やっぱりそれが威嚇《いかく》用のものだからに違《ちが》いない。

「一生の不覚だわ……。こうなったらもう記憶《きおく》を消去するしかないわね。物理的に！」

「いきなり何をデンジャラスなことを言ってやがりますか⁉　って言うか、いつもの淡路さんはどこへ！」

「そんなものは夢幻《ゆめまぼろし》じゃあああああ！　神妙《しんみょう》に頭かち割られろこらあああ‼」

傍《そば》にあった掃除《そうじ》用具箱からモップを取り出すと、目の前の元淡路さんが手加減なしで打ちかかってきた。間一髪《かんいっぱつ》でそれを避《よ》けると、モップが机に叩きつけられる。音からして、何の手加減もされていないことがすぐにわかった。

洒落《しゃれ》になってない。マジで。

「ま、待てって！　写真と手紙は確かに見ました！　でも忘れるから！　誰にも言わないから！　だからこういうことは止《や》めよう！」

「そーね……、そう言えば封《ふう》も開いてたし、手紙まで見られちゃったのよね……。この最低最悪のクズ野郎！　あんただけは絶対に許さないわ！」

最低最悪なのは同意しますけど、封を開けたのは姉さんだ！　とは言え、今この状況でそれを言ったところでどうなるわけでもない。

僕は繰《く》り出されるモップを避けることで精一杯《せいいっぱい》だった。これは確実に殺《や》りにきている。

殺気が凄《すご》い。猫《ねこ》に追いかけられるネズミってこんな気分なのかもしれない。

「手紙を見たことは全面的に謝ります！　でも本当に誰にも言わないから！」

「可能性の芽は摘《つ》み取らないといけないわ！　万が一のことでもあったら、私はもう生きていけないのよ！　というわけで死ね！」

大上段にかまえられたモップが振り下ろされる。僕はそれを、足をもつれさせながらもなんとか避けた。床《ゆか》に当たったモップは、バキッという音とともに柄《え》から真っ二つになってしまった。

教室内に静寂《せいじやく》が訪れる。

空中に舞《ま》うほこりが、窓から入る光に照らされている。

お互《たが》いの荒《あら》い息《いき》づかいだけが聞こえる中、淡路さんは未《いま》だに敵意の消えない視線をこちらに向けていた。

「……ねえ、一番確実な秘密の保ち方って知ってる？」

嵐《あらし》の前を思わせるような、どこまでも静かな質問。

「大体想像はつくけど言いたくないな！」

「物言わぬ体とはよく言ったもんだわ」

そう言いながら、彼女は近くにあった椅子《いす》を手に取ると、それを高々と持ち上げた。

さっきまでの激しい動きのため、今は肩で息をしながら小柄《こがら》な身体《からだ》でがんばるその姿は、容姿の美しさも相まって、ある種神々しいものに見えた。が、すぐに攻撃《こうげき》対象が自分であることに気づいて、全身に戦慄《せんりつ》が走る。

「ま、待て！　それは洒落にならない！」

「洒落で済ませるつもりはないわ！　死ねえええええ！」

まさに凶器《きょうき》が振り下ろされようとした瞬間《しゅんかん》だった。彼女が足元をふらつかせ、大きくバランスを崩《くず》したのだ。

まずい！

そう思った時には、僕はもう駆《か》け出していた。

頭上に落ちてくる椅子を体で防ぐため、彼女の上に覆《おお》いかぶさるようにして押し倒《たお》す。

「ぐうっ！」

背中に落ちてきた椅子の痛みに悶《もだ》えそうになるけど、歯を食いしばって耐《た》えた。

椅子が床に叩きつけられる音がして、一段とほこりが舞う。痛みに目がチカチカしたけど、それでも何とか彼女の様子を確認する。

「……おい！　大丈夫《だいじょうぶ》――」

か、と言う前に、僕は息を呑《の》んだ。

目の前にある彼女の顔に、意識を奪《うば》われたのだ。

激しい運動の後だからか、頬が赤く染まり、息も荒い。驚《おどろ》きに見開かれた目は微《かす》かに潤《うる》んでいて、宝石のように輝《かがや》きながら真っ直ぐに僕を見つめている。すっと伸《の》びた鼻筋と、その下にある形の良い桜色の唇《くちびる》は、美しさの中にどこかあどけなさを含《ふく》んでいた。

改めて、目の前にいる人物がとんでもない美少女だと気づかされて、僕は頬が急激に熱くなるのを感じた。そして次の瞬間、その熱はそのまま反転して嫌《いや》な冷たさに変わる。もちろんそれは、自分が少女を押し倒しているというとんでもない状況によるものだ。

全く属性の違う二つの緊張《きんちょう》に挟《はさ》まれて、僕は硬直《こうちょく》した。するしかなかった。

「……………………」

どれくらい、そうしていたのかわからない。

時間が流れている感覚さえ僕にはなかったのだ。ようやくそれが戻《もど》ってきたのは、やがて彼女がゆっくりと口を開いた時だった。

「…………うん」

それは意外なほど、か細い声だった。

さっきまでの肉食獣《にくしょくじゅう》のような獰猛《どうもう》さは、今はもうない。

こちらを見上げてくる瞳《ひとみ》はいつの間にか揺らいでいて、その泣き出しそうな顔は、彼女の小柄な身体も相まって、年齢《ねんれい》よりもはるかに幼く見えた。

続いて、妙な沈黙《ちんもく》が訪れる。

むやみに姿勢を変えるわけにもいかず、僕は身動きがとれないでいた。じっとこちらを見つめる彼女の視線が痛い。と言っても、先ほどまで見せていたあのあからさまな敵意はもうなくて、代わりに無言の非難が僕を苛《さいな》む。

「あ、あのさ……」

びくりと、彼女の体が震《ふる》えた。

「その……、封筒《ふうとう》の中身を見たことは謝る。ごめん。でも、本当に誰《だれ》にも言うつもりはないし、忘れるつもりだったし」

「………」

彼女は無言。

僕はいたたまれなくて、自分でもわからないうちに口を動かし続けた。

「そ、それにあの写真とか、手紙だって……、その、別に変なことじゃなくて、あり得ることだって姉さんは言ってたし、秋穂だって結局はわかったみたいだし」

ああ、僕は何を口走っているんだろう。

焦《あせ》る気持ちが無理矢理口を動かして、出てくる言葉は支離滅裂《しりめつれつ》だ。

「だからその……、何が言いたいかっていうと、別に淡路さんは気にしなくても――」

「…………てよ」

彼女の声に、僕の言葉は遮《さえぎ》られる。

それは呟《つぶや》くようなとても小さな声だったけど、不思議とはっきり耳に届いた。

「え？」

「どいてよ。いつまでこうしてるつもり？」

改めて、今自分がどんな体勢をしているか思い出す。

放課後の人気《ひとけ》のない教室で、女生徒を押し倒す男子高校生。

アウトかセーフかで言ったら完全にアウト。退場の上、選手生命を絶たれるまである。

「うわ！　ご、ごめん！」

「……いいよ。私もちょっとやりすぎたし」

……あれでちょっと？　と言いかけて、慌《あわ》てて口をつぐんだ。

僕は立ち上がりながら、横目で淡路さんを見る。

いつもの静かなお嬢様《じょうさま》姿でもなく、さっきまでの野獣《やじゅう》のような姿でもなく、今はどこか不安そうに佇《たたず》んでいる小さな少女。

「あ、あのさ……、さっき言ったことは本当だから」

「わかってるわよ。それはもう心配してない。一応信用した」

それでも彼女の顔から不安そうな影《かげ》は消えない。ちらちらとこちらを見ては、何か言いたげにもじもじしている。しかし、やがて意を決したように、おずおずと口を開いた。

「ね、ねえ……、どう思った？」

「どうって……、何が？」

「読んだんでしょ？　その……、私のラブレター」

美少女が恥《は》ずかしそうに顔を赤らめながら口に出すそのセリフは、そこだけを切り取ると甚《はなは》だロマンチックだけど、そのラブレターは僕宛《あ》てじゃないし、そもそも盗《ぬす》み見だ。

「えっと……、王道的な内容だなぁって」

「何それ⁉　って違う！　そうじゃなくて、写真も一緒《いっしょ》に見たんなら、ほら、色々と思うことがあるでしょうが！」

ああ、それはつまり、やっぱりそういうことを言っているのか。

「その……、変、だと思った？」

上目遣《うわめづか》いで自信がなさそうに聞くその仕草は、どこか怯《おび》えた幼子のように見えて、何だかこっちが申し訳なくなってくる。

「い、いや、そんなことは」

「ほんとに⁉　本当に変だと思わなかったの⁉」

もちろん、僕も最初は変だと思った。

同性愛というものが存在するのは知識としては知ってたけど、目の前にいきなり提示されて面食らったというのはある。

でも、今こうやって、どこかすがるような目で見てくる彼女を前にすると、とてもじゃないけどそんなことは言えない。それに、彼女の必死な様子が、僕の中にあった一種の偏見《へんけん》を少しだけ矯正《きょうせい》してくれた気もする。

「……思わないよ。僕は人をそういった意味で好きになったことはないけど、でも好きになった人が同性でも、好きって気持ちは変わらないと思う」

これは、僕の正直な感想だった。

「ほ、本当に⁉」

「うん。それに淡路さんはすごいよ。そりゃ世間一般《いっぱん》から見たらちょっとズレてるかもしれないけどさ……、でも、それを乗り越《こ》えてあんな手紙書いて渡《わた》そうとか、すごく勇気があることだと思う」

彼女はそれを聞いて、顔を伏《ふ》せながら肩《かた》を震わせている。

一瞬《いっしゅん》、先ほどの惨劇《さんげき》が始まる直前の光景がフラッシュバックして、血の気が引く。

やばい……、まさか怒《おこ》らせたんじゃないだろうな……。

「……じゃあ、あんたも協力してくれる？」

「へ？」

しかし、返ってきたのは予想外の言葉。

「だって、あんたは私の秘密を知ってしまったのよ。それに理解もしてくれた。じゃあ、この先も手助けするのが道理ってものじゃない？」

「ちょ、ちょっと待って！　その話の流れは意味がわからない！」

「あんたは私の手紙を盗み見ると言う、人としてやってはいけないことをしました―」

ぐっ……！　それを言われると返す言葉がない。やったのは僕じゃないけどさ！

「じゃあ、その罪を償《つぐな》おうとは思わないの？」

「そ、それはもちろん思うけど……、でも、それとこれとはまた違《ちが》う話じゃないか？」

何だかよくわからないことになってきた。

と言うか、何で秘密を握《にぎ》ってる側が脅《おど》されるような形になってるんだろう。

「そう……、じゃあこうしよう。私があんたを脅すわ。秘密をばらされたくなかったら協力しなさいってね」

「ひ、秘密ってなんだよ。僕には別にばらされて困るようなことなんて――」

「……コンビニで女ものの下着……と化粧品《けしょうひん》」

ぼそりと、いたずらっぽい顔で呟く。

僕はその瞬間、背中に氷柱《つらら》でも刺《さ》さったかのような寒気を覚えた。

「んな……な……！」

「あんたって、あーゆー趣味《しゅみ》あるんだ。まー人の趣味なんてそれぞれだけどー？」

「ち、違う！　あれは僕のじゃなくて、そう、買い物を頼《たの》まれたんだよ！」

「ふうん。ま、それが本当だとしても、あんたがあーゆーものを買っていたという事実は変わらないわけよね？　それが何のためかなんて、意味あんの？」

僕は絶句するしかなかった。確かにそれだけで、まだ始まったばかりの僕の高校生活がいきなりエンディングに突入《とつにゅう》するには十分すぎる。……でも待てよ？

「そもそも、何で淡路さんがそんなこと……」

「知ってるのかって？　だってあの場に私もいたもん」

雑誌立ち読みしてたんだよね、と言われて思い出した。

あの時雑誌コーナーにいたフードの少女は淡路さんだったのか！

「で、どうする？　私はラブレターのことをばらされたくない。あんたは盗み見したことと、あんたの特殊《とくしゅ》な趣味という二つの秘密がある。差し引きであんたのマイナス」

「……いや、趣味じゃないから。これはほんとに」

僕はかろうじてそう言い返すことしかできなかった。

しかし他に説明のしようがない上に事実はやっぱり事実なわけで、その時点で既《すで》に、彼女の脅迫《きょうはく》に屈《くっ》したのと同じことだ。

「で、どーする？」

答えを迫《せま》るその表情は、心の底から楽しそうな笑顔だった。


「でも協力ったって、僕に何をさせるつもりなんだよ……」

「だから、私が先輩《せんぱい》と付き合えるようにして欲しいって言ってるの」

僕はあの後、結局変な形の脅迫に屈して協力することになってしまった。

今は二人で部室棟《とう》へと向かって廊下《ろうか》を歩いているところだ。

本当は女子と二人で並んで歩くだけで、僕にとっては相当苦しいものがあるんだけれど、淡路美月の豹変《ひょうへん》から始まったあまりにも酷《ひど》い現状が、そういった感情を軒並《のきな》み吹《ふ》っ飛ばしてくれているようで、何とか平常心でいられる。

……うん、全く嬉《うれ》しくないな。

「付き合えるようにって言われても、僕にできることなんてないんじゃないか？　その桜川先輩のことも、僕は何も知らないわけだし」

「咲也ってさ、三年の九条先輩の弟なんだよね？」

いきなり姉さんのことが話題に出て、意味もなくギクリとする。

「そうだけど……ってかさ、僕のことやっぱりそう呼ぶの？」

そう、とは名前でということだ。さっきいきなり「あんたのことはこれから名前で呼ぶから」とわけのわからない宣言をされてしまい、現在に至る。

「別にいいじゃない。だって九条ってのは、私の中では三年の九条先輩のことだからね。あんたに対しては呼びづらいのよ。その代わり私のことも名前で呼び捨てにしていいって言ったじゃない。で、どうなの？」

「確かにあれは僕の姉さんだけど……、淡路さんって姉さんのこと知ってるの？」

「美月」

「え？」

「名前」

……名前で呼んでもいいではなく、名前で呼べという命令なのか……。

「み、美月さん？」

「美月」

「え？」

「呼び捨て」

……………キツい。

実の妹である秋穂を除き、女の子を名前で呼び捨てにしたことなんて今まで一度もない僕にとっては、これは想像以上に負担が大きい。が、獰猛《どうもう》な目で睨《にら》んでくる彼女を前にすると、到底《とうてい》逆らえそうになかった。

「み、美月は、姉さんのこと知ってるみたいだけど……」

「当たり前でしょ？　この学校の生徒で九条先輩を知らないとかモグリもいいとこよ。美しいしお淑《しと》やかだし、憧《あこが》れのお姉さまって感じよね！」

力説していらっしゃる。

まあ姉さんについては、僕以外に対する態度が素晴らしいのは認める。

「で、それがどうしたって言うんだよ」

「九条先輩は交友関係も広いって話だし、もしかしたらそれで桜川先輩と接触《せっしょく》できるかもしれないじゃない！　あんた弟のクセにそんなことも思いつかないの？」

悪かったな……、僕はそういった正の面を担当してないんだ！

もっぱら姉さんの暗黒面をぶつけられる身としては、そんな発想は浮《う》かばない。

「とりあえずわかった…………って待てよ？　そんな回りくどいことしなくても、直接桜川先輩のとこにいけばいいんじゃないのか？」

「そそそそそんな恐《おそ》れ多いこと、でででででできるわけないでしょ！」

……動揺《どうよう》していらっしゃる。

なんて言うか……、わかりやすいよな。

「いや、でもさ、今までだって桜川先輩と話したことはあるんだろ？」

「……ないわよ」

「は？」

「話したことないって言ってんのよ！　先輩は私のことなんて存在も知らないはずだし」

「ちょ、ちょっと待った！　でもラブレターとか書いてるじゃないか！」

「……書いただけ。渡せるなんて、思ってない。だから名前も書かなかったし」

そう言えば、あのラブレターには署名がなかった。

誰《だれ》からのものかわからない手紙。

それは最初から、渡すことが前提ではなかったからなのか。

「咲也さ、さっき私のこと勇気があるって言ってくれたじゃない？」

「あれは違うよ。勇気なんてない。だから、出すあてもない手紙なんて書いちゃうし。隠《かく》し撮《ど》り写真なんか集めちゃうし」

「う、うん」

「あの写真の束はやっぱり全部隠し撮りか……」

構図が壮次郎のそれと似通っていたのも、今思えばそのためだったわけね。

でも逆に言えば、そこまでしてでも近づきたいと思っているということだ。

「……わかったよ。姉さんに頼んでみてもいい。ただし、それは最後の手段だからな！

その前にまず自力でお近づきになることを考えないと」

最後の手段なのは、軽々しく姉さんに女性の話題を振《ふ》ると僕の身が危険だからだ。

「何よそれ！　ケチ！　バカ！　アホ！　女装趣味！」

「最後のそれは、だから違うって！」

ぎゃあぎゃあと言い合いながらも廊下を歩いて行き、部室棟へと足を踏《ふ》み入れた。

帰宅部の僕にとっては馴染《なじ》みのない場所なので、少し居心地《いごこち》が悪い気がする。

「そう言えば、僕達はどこに向かってるんだ？」

「安心して話ができるところ。そこ以外だと――」

その時、廊下の向こうから他の生徒が二、三人歩いてきた。

「気軽にお話もできませんから」

その瞬間《しゅんかん》、美月がいきなりお嬢様《じょうさま》モードに変身する。それは今まで、彼女が教室で見せていたあのお淑やかな表の顔。

あまりの変わり身の見事さに、僕は言うべき言葉が見つからなかった。

やがて生徒達が見えなくなると、美月はふっと肩の力を抜《ぬ》いて、軽く笑った。

「っていうわけよ」

「な、なんでそんな演技をする必要が？　自然にしてればいいじゃないか」

「これも敬愛する先輩のためよ！　粗野《そや》な小娘《こむすめ》なんて先輩に相応《ふさわ》しくないからね！」

「お前今、自分の本性を軽くディスらなかったか……？」

今までの美月に対するイメージが凄《すさ》まじい速度で崩《くず》れていくのと同時に、僕の態度も段々とぞんざいになってくる。少なくとも、遠慮《えんりょ》が必要な相手でないことは確かなようだ。

そうこうしている内に目的地に着いたらしく、美月の足が止まった。

目の前にある扉《とびら》を見る。

『部活動研究部』と書かれた表札があるけど、一見して何の部だかわからない。頭痛が痛いとか、馬から落馬するとかと似たようなニュアンスが感じられる。

「こ、ここ？」

「そ、入るわよ」

無造作に扉を開けて中に入っていく美月の後ろに続く。どうしてもおずおずとしてしまうのは、きっと無意識のうちに嫌《いや》な予感でも抱《いだ》いているからなのだろう。

「あら～美月～、今日は遅《おそ》かったですね～」

「こんにちは天満《てんま》先輩。ちょっと用事を済ませてまして」

部屋の中では一人の女生徒が椅子《いす》に座って本を読んでいた。

栗色《くりいろ》のふわふわとした髪《かみ》に、とろんとした眠《ねむ》たげな目でにこやかに笑っているのが印象的な美少女だ。しかも目の前のテーブルには何故かティーセットが置かれていて、女生徒の雰囲気《ふんいき》と相まってどことなく高貴ささえ感じさせる。そして、また違う女生徒が現れたことで、僕の身体《からだ》は条件反射よろしく強ばった。

「あら～？　その後ろの方はどなたかしら～？」

「ああ、こいつは私の下僕ですからお気になさらずに」

「待て！　なんだそのあり得ない紹介《しょうかい》の仕方は！」

けど、どうやらこいつは僕に緊張《きんちょう》する暇《ひま》さえ与《あた》えてくれないらしい。

「下僕さんですか～。始めまして～、二年C組の天満霧子《きりこ》と申します～」

下僕という言葉をそのままにして平然と挨拶《あいさつ》を返してくる。見た目からでもわかるけど、マイペースにも程があるだろこの人。

「……九条咲也です。ちなみにこいつの下僕でも何でもありません」

「あらあら～？　ではどのようなご関係なのですか～？」

そう改めて問われると、これといったしっくりくる表現が思い浮かばない。

「……り、利害が一致《いっち》する者です」

「まあ～、ハ～ドボイルドなんですねぇ～」

ほわほわとした笑みを浮かべながらどこかずれた反応をする天満先輩にどうリアクションしていいかわからず、僕は美月の方を振り返る。

「ここは一体何なんだ……」

「表札見たでしょ？　部活動研究部の部室。部長はこの天満先輩で、部員は私も含《ふく》めて片手で数えられるくらいの弱小文化部よ」

「いや、そもそもその堂々巡《どうどうめぐ》りしてるような名前は一体……」

「それについては私から説明しますね～」

こほん、と小さく咳払《せきばら》いをしてから、天満先輩は口を開いた。

「昔々～、この学校ができた当時は部活動というものがなかったそうなんです～。でも時代が下って部活動をやろうとなった時～、どんなことをすればいいのかわからず～、とりあえず準備のために皆《みな》で話し合う最初の集まりを作ろうということになりまして〜」

　準備委員会みたいなものですね〜、と先輩は続ける。

「この部活を基《もと》にして同好の士が集まり〜、色々な部ができたという歴史があるのです〜。もっとも〜、今は大抵《たいてい》の部活が既《すで》にあるので〜、その役割はほぼ残っていませんけど〜」

「……じゃあ、どうしてそんな部活が今も？」

「いつの時代でも〜、少数派だけどやりたいことがあるって人はいるものですよ〜」

　私も美月もです〜、と言いながら、天満先輩は微笑《ほほえ》む。

　つまり、ここは部活に手の届かない同好会の、さらに前身みたいなものなのか？

「要するに、とりあえずそれぞれで好きなことをやって、人が集まれば独立すればいいんじゃない？　ってノリの集まりよ」

「それはそれでアバウトすぎるだろ……」

　いまいちピンと来ないながらも、とりあえず今は措《お》いておこう。問題はどうしてそんな場所に僕が連れてこられたかなわけで。

「で、部活動の内容はともかく、ここで僕は何をすればいいんだよ」

「言ったでしょ。これからのことの打ち合わせ。落ち着いて話せる場所は学校じゃここしかないからね」

あんたも座りなさいよ、と言われて、適当に近くにあった椅子に座る。

「ってことは、天満先輩《せんぱい》も協力者なのか？　その、お前のさ」

「あー、一応そうなる……のかな？」

……なんか首を傾《かし》げてるけど、その妙《みょう》な自信のなさは一体何なんだ……？

「待った。じゃあ僕なんて必要ないだろ？　桜川先輩と同じ二年生なら、僕に頼《たよ》らなくたって十分じゃないか」

「でも、天満先輩はこっちのことにはあんまり興味がないから」

『こっち』を強調する美月を訝《いぶか》しく思っていると、くいくいと袖《そで》を引っ張られる感触《かんしょく》がしたので振り返った。

「ところで～、一つお聞きしてもよろしいですか～」

「え？　は、はい、何ですか？」

「失礼ですけど～、咲也さんは女性なんですか～？　それとも男性なんですか～？」

ぴきりと、僕の中で何かが軋《きし》む音がした。

もう随分《ずいぶん》と似たような質問を人生の中で繰《く》り返し受けてきたけど、慣れることはおそらく永遠にないだろう。

「……僕の制服を見てもらえばわかると思いますが！」

「なるほど～。男装の麗人《れいじん》なんですね～。素敵です～」

その勘違《かんちが》いのされ方は初めてだった！

「違います！　僕は男です男！　見ての通りです！」

「あんたは見ての通りじゃ絶対わかんないわよ」

後ろから入る心無いつっこみは努めて無視する。

「はぁ～……、殿方《とのがた》なのですか～。なんだか不思議な感じです～」

「あの……、あんまりまじまじと見ないでください……。顔を」

「いえいえ～、とても魅力《みりょく》的ですよ～。よかったら咲也さんもうちの部にお入りになりませんか～？」

「と言われても、僕は特にやりたいこととかはありませんし、この部のこともよくわかってないし……。例えば天満先輩はどんな活動を？」

僕の質問に、天満先輩は満面の笑みで二冊の本を差し出した。

見ろということだろうと思い、何気なく片方を手に取って開く。その瞬間、僕はあらゆる思考が固まった。

そこには女性同士があられもない姿で、何と言うか、こう、絡《から》み合って……、よくわからないことになった絵が描《えが》かれていた。どうやら漫画《まんが》らしいけど、あまりの衝撃《しょうげき》で僕の認識能力は完全に麻痺《まひ》してしまったらしい。

かろうじてわかったのは、内容が十八歳未満お断りだということだけだ。

「なななな……！」

「あら～？　お気に召《め》しませんか～？　ではこちらはどうですか～？」

石像と化した僕に追い討ちをかけるように、天満先輩がもう一冊を広げて見せる。

今度は男同士が――

僕はそこで慌《あわ》てて本を閉じる。ぜぇぜぇと自分の息づかいがうるさく、フルマラソンでもした後みたいな動悸《どうき》の激しさだった。

「こ、ここ……、これは一体……」

「天満先輩の趣味《しゅみ》であり、この部活での活動内容よ。百合《ゆり》とかBLとかいうんだっけ？ま、活動って言ってもやってるのは先輩だけで、私はそういうの興味ないけど」

「そうなんですよ～。で～、どうですか～？　咲也さんは興味がお有りですか～？　何ならもっとご覧になります～？」

「すいません勘弁《かんべん》してください！」

僕は額をテーブルに打ち付けて許しを請《こ》う。結構深刻なレベルの危機感があった。

「う～ん、そうですか～。残念ですね～」

「ちなみに先輩は男同士、女同士、どっちもOKだけど、二次元限定なんだって。よかったわね？　もし『こっち』でもOKだったら、あんた今頃《いまごろ》エジキよ」

何のエジキかは聞きたくもないけど、言葉の響《ひび》きだけで恐《おそ》ろしい。

「でも～、咲也さんは何だか不思議なので～、こっちの世界でも目覚めてしまうかもしれないのですよ～」

「目覚めないでください目覚めないでくださいすいません許してください！」

床《ゆか》に頭をこすり付けてでもいいから、それだけは勘弁して欲しかった。

「ちーっす、皆いるー？」

先輩に入れてもらった紅茶を飲みながら真新しい心の傷を癒《い》やしていると、勢いよく扉が開いて、また別の女生徒が飛び込んできた。

ショートカットの髪に、爛々《らんらん》と輝《かがや》く瞳《ひとみ》。女子の制服の上に男子のブレザーを着用しており、全身から陽気なオーラを発している。どことなくボーイッシュな感じはするものの、それでも十分美少女と呼べるであろう容姿の持ち主だった。

「お？　誰《だれ》この人？　新入り？」

女生徒はそう言いながら近づいて僕の隣《となり》に座ると、まじまじと無遠慮《ぶえんりょ》な目でこちらを見てきた。顔が近いので、思わず体を引いてしまう。

「そうなんです～。美月が連れて来てくれた新入部員の九条咲也さんですよ～」

「え⁉　いや、部に入るなんて言ってませんけど⁉」

「へー、ここに新入部員とは珍《めずら》しいですね。あ、あんたもそっち系の趣味の人？」

「違う！　絶対違う！」

その誤解だけは絶対に否定しておかなければならないと、僕の魂《たましい》が叫《さけ》んでいる！

「残念ながら違うのです～。それよりも～、咲也さんにはすごい秘密があるんですよ～。

なんと咲也さんは殿方なのです～！」

「……いや、見りゃわかりますって」

呆《あき》れたように言う女生徒だったけど、僕はその答えに心の底から感動した。

そうだ！　見ればわかるに決まってるじゃないか！

「だって男子の制服着てるじゃないですか。あ、でも、顔だけ見れば確かにわからないかもですね、こりゃ」

判断の基準はそこか……。まあ、それでも幾分《いくぶん》マシな方だ。少なくとも男装の麗人というトンデモ発想に比べれば天と地ほどの差がある。

「んー？　これはひょっとして新たなビジネスチャンス？　新しい需要《じゅよう》が来るかも！」

女生徒はそう言うやいなや、懐《ふところ》からデジカメを取り出してこちらに向けてきた。

「ま、待った！　何するんだよ」

「あっと、こりゃ失礼。私は岸里真由香《きしのさとまゆか》。一年生で、クラスはBだよ。この部活がどういうものか知ってる？　私の場合、写真部がなかったからこの部に身を寄せてるってわけで、相棒はこのカメラね。というわけで、写真を撮《と》らせて欲しいんだけど、どうかな？」

「……嫌《いや》な予感がするから聞きたくないけど、敢《あ》えて聞く。理由は？」

「売れるかもだから」

却下《きやつか》！　正直は美徳だけど、内容は最悪だった！

「えー？　さっきゅんはケチだなー。いいじゃん減るもんじゃなし」

「人として大事なものが色々と減る！」あとさっきゅんは止めて！」

「別にいいじゃん、言いやすいし可愛《かわい》いし。でもまあ、本人が嫌だって言うんならごり押しはできないかなー。しゃーない、ここは本業に戻《もど》ってっと……」

岸里（なんとなくさん付けしなくていい気がする）はスカートのポケットからUSBメモリーを取り出すと、それを美月に渡《わた》した。

「新しいショットコレクションができたから持って来たよ。今回は量も多いから印刷するなら自前でぷりーず。その代わり、先輩の魅力をばっちり激写した渾身《こんしん》の品だぜ！」

「あ、ありがとう真由香！」

渡された方は、頬《ほお》を上気させて嬉《うれ》しそうにメモリーを受け取る。一見何の問題もないやり取りに見えるけど、まさかそれは……。

「なあ美月。そのメモリーの中身って、もしかしてあの写真と同じ類のものか？」

「え？　そうだけど？」

「あの隠《かく》し撮《ど》り写真の犯人はこんなところにいたのか……！」

「隠し撮りとは人聞きが悪いなぁ。ほらあれだよ、風景を写してたら自然と人が写ってたってことがよくあるんだよねー。鳩《はと》とか雀《すずめ》とかが写ってるみたいなもんだよ！」

言い訳の内容が壮次郎と同じという驚愕《きょうがく》の事実が判明した。でも、こっちからは邪《よこしま》な印象しか受けないのはどうしてだろう……。

「ま、美月に頼《たの》まれたもんだしさ、ここは勘弁してよ？　ね？　ね？」

芝居《しばい》がかった仕草で手を合わせる岸里と、メモリーを握《にぎ》り締《し》めて妄想《もうそう》の世界に旅立った美月を見ていると、つっこむのがもはやばかばかしくなってきた。

「そう言えば、美月がこの部にいる理由って、まさかこの写真が目的だったりするんじゃないだろうな……？」

「ふぇ？　あ、うん。それもある」

上の空だからか、特に深く考えることもなく即答《そくとう》する美月。かなり不純な動機のように思えるんだけど、そんなのでいいのか。

「さあさあ、そんなことよりせっかく新入部員が入ったんだからさ、しかも初の男子部員だよ？　ここはもう歓迎会《かんげいかい》を開催《かいさい》するしかないでしょ！」

「え？　い、いや、だから僕はこの部に入るとは言ってな――」

「名案ですね～。ちょうど今日は皆《みな》で食べようと思って、アップルパイを焼いてきたんですよ～。ではそれで歓迎会としましょう～」

「おっ！　先輩《せんぱい》の手作りお菓子《かし》とは、今日はラッキー！」

「ちょっと待ってください！　僕は入部するとは一言も――」

「えへ……えへへ……、先輩の写真……、先輩がいっぱい……、パライソ……」

ひ、人の話を聞かない人達……っ！

結局、その日は美月が妄想から帰って来なかったので計画を立てるも何もなかった。

成り行きで始まった新入部員歓迎会は、僕の意向を無視したまま進行していってしまったけど、先輩の用意してくれたアップルパイと紅茶が美味《おい》しかったのが、せめてもの救いだったかもしれない。

3

「さあ、今日こそはりきって計画を練り上げるわよ！」

「…………」

次の日、場所は部室。

昨日はなし崩《くず》し的に終わってしまい、ひょっとしたら美月《みづき》もすっかり忘れてくれているのではないかと淡《あわ》い期待を抱《いだ》きつつ、僕は放課後の教室からそっと息を潜《ひそ》めて抜《ぬ》け出そうとした。

が、そこをばっちり捕《つか》まって連行され、今に至る。

「……ちょっと、何を陰気《いんき》な顔してんのよ。もっとテンション上げていきなさいよね」

一人で盛り上がっていた美月がダメ出しする。でもそれは無茶というものだ。

そもそも僕が乗り気になる理由は皆無《かいむ》なわけで。女子しかいない部室に脅迫《きょうはく》じみた協力要請《ようせい》。しかもその内容が同性愛の応援《おうえん》となれば、あらゆる意味で僕のキャパシティーを超《こ》えているわけだし。

ああ、帰りたい……。

「……女装趣味《しゅみ》がばれてもいいの？　さくやちゃん」

急に耳元でそう囁《ささや》かれて、僕は驚愕する。

一瞬《いっしゅん》、脳裏に姉さんの姿がよぎったのも、驚《おどろ》きに拍車《はくしゃ》をかけているのだろう。しかも距《きょ》離《り》が近いので、美月の吐《と》息《いき》がはっきりと感じられて、それがあらゆるベクトルで緊張《きんちょう》を強いてくるからたまらない。

慌《あわ》てて距離を取って美月を見ると、いたずらっぽい笑みを浮《う》かべながら嗜虐《しぎゃく》的な視線を送ってきているではないか。よく小悪魔《こあくま》的な、という表現があるけど、今の美月を見ている限りでは、とてもそんな可愛い表現で収まるレベルじゃなかった。

改めて、今自分が置かれている状況《じょうきょう》を考える。

女装趣味。

これは事実無根の濡《ぬ》れ衣《ぎぬ》なわけで、僕はあくまでも姉さんの悪魔的買い物の犠《ぎ》牲者《せいしゃ》であって、さすがに美月がいくら強弁しようとも、そこは誤解だと突《つ》っぱねることはできる。

……できるんだけど。

「ほれほれ、どーなのよ？」

「…………」

じゃあそれで、周囲が納得するだろうかと考えると、残念ながらそんなビジョンは一切浮かんでこない。逆に浮かんでくるものと言えば、どことなく距離を置いた好奇《こうき》の視線に囲まれた中、我が家の姉妹が嬉々《きき》として僕にスカートをはかせるという悪夢のような光景だけだった。

そうだ、いくら僕自身が否定したところで、僕の周りには誤解を真実に変えてしまうロクでもない存在が蠢《うごめ》いているじゃないか。うちの姉妹を筆頭として、女性というのはそういった裏表を自在に操る魔物《まもの》なんだ！

「ちょっと、何黙《だま》り込んでるのよ」

美月だってそうだ。僕と美月が並んで正反対の主張をしたところで、受け入れられるのは外面の良い美月だけ。あることないことを魔法のように駆使《くし》するのが女性で、その被害《ひがい》を被《こうむ》るのが僕だ。きっとそれはこの世の真理に違《ちが》いない。僕の今まで生きてきた人生がはっきりとそう告げている！

「……世の中、理不尽《りふじん》だよな……」

「いきなり遠い目でそんなこと言われても、リアクションに困るんだけど……」

わかってる。どうしようもないことだ。

無駄《むだ》だ。無駄なんだ。僕は決して女性には敵《かな》わないんだ。勝ち目のない戦いを今までさんざん繰《く》り返してきた挙げ句、ようやく手に入れた教訓がそれなんだ……。

「……なんで泣いてんのよ」

「いや、ちょっと、改めて世界の真実に触《ふ》れた悲しさに……」

「打ちひしがれた犬みたいになりながらサイケなこと言ってないで、結局どうすんの？　やるの？　死ぬの？」

「なんだよその二択《たく》は！　わかったよ！　やりますやらせていただきます！」

ヤケクソで承諾《しょうだく》する。それ以外の道なんて残されていようはずもない。

万が一にも女装趣味なんてありもしない性癖《せいへき》が周りに知られたら、僕の女顔からも納得されてしまう危険性が非常に高い。そうなるともう挽回《ばんかい》なんてできるはずもなく、逆らうことなんてとてもできない。恐《おそ》ろしくてできない。ヘタレでも何でもいいから、無理なものは無理です。

白い目で見られるだけならまだしも「やっぱり」なんて頷《うなず》かれてしまった日には、あまりのショックで僕はもう生きていけないかもしれないし……。

はぁっと大きくため息を吐《つ》いて、気持ちを切り替《か》える。

協力すると決めたからには、嫌々《いやいや》でもちゃんとやらないといけない。

さっさと終わらせてこの苦役から脱《だつ》したいというのが本当のところだけど、それを口に出すと美月からどんな目に遭《あ》わされるかわからないので黙っておく。

「……で、計画って具体的にはどうするんだよ。そもそも僕は桜川《さくらがわ》先輩のことを何一つ知らないんだぞ。それじゃ計画を練り上げるも何もないだろ」

「ふむ、一理あるわね」

ド正論だと思うけど、一理しかないのか……。

「とにかく、情報がないと話にならない。そもそも先輩って一体どういう人なんだ？」

「桜川先輩はこの宇宙の中心であり、美の化身であり、全ての女性の頂点に立つまさに女神と言うのに相応《ふさわ》しい存在で」

「お前の主観が入りすぎてるだろそれ！　客観的な情報だけくれ客観的な！」

「十分客観的じゃない。私はただ広辞苑《こうじえん》に書かれている桜川先輩の項《こう》を引用しているだけに過ぎないし」

「桜川先輩はそんなレベルの有名人だったのか……」

「あ、ごめん、Ｗｉｋｉの間違《まちが》いだったわ」

「それはきっとお前が編集してるんだろうな……」

美月の脳内設定に付き合っている暇《ひま》はないので、何にせよ却下《きやつか》しておくことにしよう。

不満そうに唇《くちびる》を尖《とが》らせる美月を無視して、何とか使えそうな情報を引き出す。

桜川静理《しずり》。

星城学園《せいじょう》二年生。

容姿端麗《ようしたんれい》。成績優秀《ゆうしゅう》。人柄《ひとがら》は穏《おだ》やかで、誰《だれ》からも好かれる人気者。

生徒会役員も務めていて面倒見《めんどうみ》がよく、理想の先輩として女子の中でも絶大な支持を誇《ほこ》っている……らしい。

「好きな食べ物はイチゴショート。得意教科は英語。将来の夢は外交官。飼っている犬の名前はマロン。趣味はピアノで、家族構成は母親が再婚《さいこん》して、今は両親と義理の妹が一人。得意料理は——」

「ちょ、ちょっとストップ！　お前どうしてそんなに詳《くわ》しいんだよ！　先輩とは話をしたこともないいんじゃなかったのか!?」

「こんな情報、手に入れようと思ったらいくらでも手に入るでしょ」

さも当然という風に呆《あき》れられた。

ストーカーってナチュラルに生まれるものなんだなぁ……、と少し感心してしまう。

目の前にいる淡路《あわじ》美月という少女は想像以上に恐ろしい人物なのかもしれない。少なくとも、敵に回すことだけは絶対に避《さ》けようと思った。今思った。

「と、とりあえず細かい情報はいいよ。そう言えば、美月は先輩のどこが好きなんだ？」

「どこ？　全てに決まってるでしょ！　先輩は宇宙の中心で――」

「そのくだりはもういいから！　じゃあ、えーと……、先輩と出会ったのはどういったきっかけだったんだ？」

「学校説明会の生徒代表が先輩だったのよ」

受験生のために開く学校説明会で、桜川先輩が案内役を務めたらしい。

僕自身は姉さんになし崩し的に受験先を決められて、この学校についての詳しい説明を必要としてたわけでもなかったから出席していなかったけど、そういうものがあるという存在自体は知っていた。

「まだ一年生だったのに、立派に役目を果たす先輩は輝《かがや》いて見えたわ。仕草も言葉も全てが優雅《ゆうが》で繊細《せんさい》で、まるで神話時代の女神が現世に降臨したかのような衝撃《しょうげき》を受けたの！　これほど美しい人がこの世にいるなんて思わなかった！」

「……それだけ？」

「それだけで十分でしょ！　一目《ひとめ》惚《ぼ》れって言葉がちゃんとあるんだから！」

確かに、そういうこともあるのかもしれない。

でもそれが同性で、しかも一度も会話をしたことがない相手に成立するなんて、やっぱりかなりのレアケースなんじゃないだろうか。

「とりあえず、話を聞いている限り、やっぱり一番ネックなのはあれだな。先輩《せんぱい》は美月の存在をそもそも知らないという……」

あれ？　これって結構致命的《ちめいてき》なような……？

「し、仕方ないじゃない！　恐れ多くて軽々しく話しかけるなんてできないわよ！」

「いや、でもそれじゃずっと先に進まないじゃないか。今までずっと遠くから眺《なが》めてただけなんだろ？」

加えて隠《かく》し撮《ど》り写真で満足している現状。

べた惚れしている割には随分《ずいぶん》と志が低いようだった。

「だけじゃないわよ。先輩に相応しい女になるために、普段《ふだん》教室ではお嬢様《じょうさま》然とした演技をしてるじゃない」

「演技って自分で言っちゃっていいのか……。でもほんと、このままだと永遠に進展なんかしないと思うけど」

「……じゃあ、どうしろって言うのよ」

ジト目で睨《にら》みつけてくる美月だったが、このままではいけないということは本人もわかっているようで、言葉にいつものような元気がない。

「やっぱり、まずは話しかけることじゃないか？　美月のことを先輩に知ってもらわないと何も始まらないし」

「はぁ……、それができれば苦労しないわよ。そもそも話しかけるって、どんな理由で話しかければいいのよ」

「ストレートに、学校説明会で見て憧《あこが》れてましたって言えばいいじゃないか」

「はっ」

そう言うと、美月に鼻で笑われた。蔑《さげす》んだような視線もおまけでついてくる。

近くで本を読んでいた天満《てんま》先輩も、くすりと肩《かた》を震《ふる》わせた。

「な、何だよ二人とも、その反応は」

「咲也《さくや》、あんたね、もうちょっと想像力ってもんを働かせなさいよ。あんたのところに見知らぬ女の子が来て、いきなり憧れてましたなんて言われたらどう思う？」

僕としては想像もしたくない状況だけど、一般《いっぱん》的には憧れられて悪い思いはしないんじゃないだろうか。

でもそれは想像の中だけの話で、実際にいきなりそんなことを言われたら、確かに軽く引いてしまうかもしれない。

「うーん、難しいかな」

「それができるんならとっくの昔にやってるわよ。最初のきっかけってのは最重要だからね。ここでこけたらもう終わりよ終わり」

「確かにそうかもしれない。じゃあ要するに、悪印象を持たれないような自然な出会いだったらいいわけだろ？」

そう、ごく自然な出会いだ。最初の一言を交わすきっかけさえ摑《つか》めれば、後はどうにだってなる。

「そんなのあったら苦労しないって」

「いや、一つだけ僕に考えがある」

「これ、本当に上手くいくんでしょうね……」

「信じろよ。それに美月だって、これがごく自然なきっかけになるってわかるだろ？」

「それはそうだけど……」

美月は手に持ったハンカチを胡散臭《うさんくさ》そうに眺めながら、しぶしぶ答えた。

僕の頭に浮《う》かんだ考えとは、ずばり『落とし物作戦』だ。

先輩の目の前で落とし物をして、気づかないフリをして立ち去る。するとそれに気がついた先輩が拾って声をかけてくれ、そこから会話が成立するというシンプルかつ磐石《ばんじゃく》な作戦だった。

……どことなく前時代的な匂《にお》いがしないでもないけど、確実性はあると自負している。決して考えるのが面倒《めんどう》くさくなってさっさと終わって欲しいから適当に考えましたとか、そういうやっつけ仕事ではありません。

「でも待って。落とし物をして気づかない間抜《まぬ》けな女だって思われるかもしれない！」

「そんなこと言い出したらキリがないだろ！　とにかく、今はこれ以外に良い案もないんだから、やるしかない」

「ああ！　こんなことならもっと綺麗《きれい》なハンカチを持って来るんだったわ！　ちょっと今からひとっ走り買いに行ってもいいかな⁉」

「いいか悪いかも判断できないくらいテンパってるのか……。そんな暇ないだろ。さあ、さっさと行かないと」

でもでも、とまだ色々と迷っている美月を引きずって生徒会室へと向かう。

僕に対しては傍若無人《ぼうじゃくぶじん》もいいところなのに、先輩のこととなるとまるで気弱になってしまう美月。

それほどまでに先輩のことが好きということなのかもしれないけど、相手をする身としてはかなり骨が折れるのだった。

「ところで、本当に桜川先輩は今生徒会室にいるのか?」

「今日は生徒会で仕事する日よ。大体五時まで生徒会室にいて、そこから家に帰って犬の散歩をしてから軽くシャワーを」

「お前、本当にストーカーなんじゃないだろうな……」

詳しすぎて怖《こわ》い。

そりゃ、こんなやつがいきなり憧れてますってやって来たら引くわ。

ひょっとしたら自分はとんでもない危険人物に協力しているんじゃないかという、割と洒落《しゃれ》にならない疑問が思い浮かんだけど、とりあえず逆らえないことには変わりがないので深く考えないようにした。

許してください……、まだ見ぬ桜川先輩。

生徒会室の前までやって来ると、あからさまに美月が緊張《きんちょう》しているのがわかった。

ハンカチがしわになるくらい強く握《にぎ》り締《し》め、微《かす》かに震えながらガチガチになっている。

「なあ」

「にゃ⁉ にゃにゅにょ⁉」

人語を話せなくなるほど緊張することもあるんだな、とちょっと感心する。

「ふと思ったんだけど、桜川先輩が生徒会の役員だっていうんなら、美月も生徒会に入れば自然と繋《つな》がりができるんじゃないのか？」

「バ、バカじゃないの⁉　アホじゃないの⁉　死んだほうがいいんじゃないの⁉　そ、そんなの恥《は》ずかしすぎて無理に決まってるじゃない！」

「本当なら、なんでだよって言い返したいとこだけど、今のお前を見てるとすごい説得力があるよ……」

まともに話すどころか卒倒《そっとう》でもしかねない。しかし、こんな調子じゃお付き合いも何もないような気がするんだけど……。

時計を見ると、五時まではあと十分くらいある。とりあえず部屋の前に佇《たたず》んでいるだけだと明らかに不審《ふしん》人物なので、僕は美月を引っ張って廊下《ろうか》の角に移動した。

「いいか、打ち合わせの通り、時間になったら美月は先輩が出てくるまで生徒会室の前を往復する。先輩が出てきたら、何気なくハンカチを落とすんだ。きっと先輩はそれに気づいて声をかけてくれる」

「待って。実は違《ちが》う人が拾ってしまうなんてことは？　私は背を向けてるから確認できないのよ。コントのオチみたいな展開は許されないわ」

「僕が代わりにここから生徒会室を見ておくよ。出てきたのが桜川先輩だったら電話をかけるから、それで判断すればわかるだろ。マナーモードにしておけばいいし」

「へえ、あんたにしては考えてるじゃない。わかったわ、それでいきましょう」

打ち合わせも終わり、いよいよ時間が近づいて来る。

美月は硬《かた》い足取りで廊下をゆっくりと歩いている。常に生徒会室に背を向けるように、部屋の前では足早に通り過ぎるなど芸が細かい。

僕は僕で身を隠しながら生徒会室の扉《とびら》をじっと見つめる。見落としは許されないので、自然と気が張り詰《つ》める。

五時になった。

ガチャリという音とともに、生徒会室の扉が開かれる。

廊下の先で背を向けている美月が、歩きながらビクッと震えたのがわかった。

僕はごくりと喉《のど》を鳴らしながら、そこから出てくる人物を凝視《ぎょうし》する。

「間違いない……！」

出てきたのは、昨日写真で見た姿そのままだった。

長く、艶《つや》やかな黒が流れるような髪《かみ》。すらりと伸《の》びた手足に、横顔からでもわかる整った顔立ち。見間違いということはまずあり得ない。

僕は急いで美月に電話をかける。その瞬間《しゅんかん》、美月が緊張のあまりか直立不動になってしまったのが見えた。

何てことだ！　止まってたらいかにも怪《あや》しいじゃないか！　ゆっくりでもいいから歩きながらハンカチを落とすんだ！

僕は知らず知らずのうちに手を握り締めながら、固唾《かたず》を呑《の》んで見守る。すると思いが通じたのか、すぐに美月はもつれるような足取りながらも歩き出した。そして右手で握り締めていたハンカチを、勢いよく床《ゆか》に放り投げる。

おい！　それは『落とす』というより『叩《たた》きつける』だろ！

限りなく怪しい動作だったけど、やってしまったものは仕方がない。とにかく廊下にハンカチが落ちた。あとはこれに気づいた先輩が美月に声をかければ――

「あら？　こんなところで何をしているのですか？」

「すいません、今大事なところなんで後にしてください」

ここが正念場というところでノイズが混じる。けど、関わっている暇《ひま》はない。

「はあ、大事なところ、ですか。何をそんなに熱心に眺めているのです？」

「……見たらわかるでしょう。ああやってがんばってるところですよ」

「ああやって……？　あの女生徒さんのことですか？」

随分と根掘《ねほ》り葉掘り聞いてくるノイズだった。集中力が乱されて、思わずイラッとくる。

美月は美月で硬直《こうちょく》したまま動かないし……、くそっ、焦《じ》れったい！

「あの女生徒さんは、一体何をしていらっしゃるのでしょう」

「……ああもう！　先輩《せんぱい》にハンカチを拾ってもらうのを待っているんです！　だから少し静かにしてもらえませんか！」

「先輩って、誰《だれ》のことです？」

「そんなの桜川先輩に決まって──」

……………ん？

そう言いかけた途端《とたん》、頭の芯《しん》が急激に冷えていくのがわかった。

僕はさっきから、一体誰と話してるんだろうか。いや、もちろんそれはただのノイズのはずなんだけど、そもそもノイズと会話なんてできたっけ？

ごくりと、意味もなく喉が鳴る。

「……あの、どうかなさいました？」

すぐ傍《そば》から聞こえる声に、僕はギギギと音を立てながら振り向いた。

そこにはさっきまで廊下にいたはずの、あの黒髪《くろかみ》の女生徒が……って。

「…………っ！」

僕は振り向いた勢いのまま、咄嗟《とっさ》に再び背を向ける。なぜか顔を見られてはまずいと思ったけど、冷静に考えてみるとただ怪しいだけの行動だった。

「あの、大丈夫《だいじょうぶ》ですか？　どこか具合でも悪いとか……」

ふるふると首を振る。心の病を疑われても無理がないほど不審だった。

「男性の方……？　ということは一年生なのですね。こんな時間まで残っているということは、部活か何かですか？」

少し困惑《こんわく》しながらも、気遣《きづか》うようにかけられる声。僕は腕《うで》で顔を隠《かく》しながら、ちらりとそちらを盗《ぬす》み見る。

穏《おだ》やかな笑みを浮かべながら、少しだけ首を傾《かし》げて尋《たず》ねてくる女生徒は、誰と言うまでもない。さっきまで目を皿にして出てくるのを待っていた桜川先輩その人だ。

「え、えーっと……、はい、まあ、そんな感じです！」

「そうですか。ではあまり遅《おそ》くならないよう、ほどほどにがんばってくださいね」

「はい、ありがとうございます！」

それでは、と軽く会釈《えしゃく》をして、先輩はすぐ横の階段を下りていった。

いきなり背中を向け顔を隠す怪しい後輩《こうはい》にも声をかけてくれるとは、評判通りの人柄《ひとがら》なんだなぁ、という感想を抱《いだ》いた。でも、それが現実逃避《とうひ》気味な行為《こうい》だということは自覚している。

僕はしばらくの間、先輩の姿が消えた後も呆然《ぼうぜん》とその方向を眺《なが》めていたけど、やがてあることにはっと気がついて、血の気が引いた。

先輩がこっちにいたということは……？

急いで廊下の角から飛び出して、美月のいる方向へと目を向ける。そこには——

「んー？　おいそこの女子。なんかハンカチが落ちてるけど、これはテメーのか？」

「あああああああありがとうございます拾っていただいて感謝感激雨あられです！」

「あん？　あたしに背を向けたまま話をするたぁ、度胸のあるヤツだな」

どこからかやって来たイっちゃん先生と背中越《ご》しの邂逅《かいこう》を果たした美月の姿が！

……どうしてこうなった⁉

「せせせせせ先輩にひひ拾ってもらえるとかここここ光栄です！　ここここれを機会におしっ！　おしっ……お知り合いに！」

話に飛躍《ひやく》があるものの、結構がんばってる美月が痛々しい。背中を向けたまま直立しているのがいかにもシュールだった。後ろからではわからないけど、きっと顔は今にも爆発《ばくはつ》しそうなほど赤く染まっているに違いない。

「お尻《しり》？　ああ、知り合いに？　ま、別にいいけど、そろそろこっち向けコラ」

先生は先生で、なんで平然と返していられるんだろうか。性格があまりにも適当すぎて、ちょっとやそっとのことじゃ動じないのかもしれない。

「ほ⁉　ほほほほ本当です――――かあ⁉」

美月が振《ふ》り向き、笑顔が凍《こお》る。

顔色が赤から青へ急転直下。人間ってあんな信号機みたいにパッと色が変わってもいいものなんだろうか。その……、構造的な意味で。

「あ？　なんだテメー、うちの淡路じゃねーか。道理で後ろ姿がちんまいと思った」

「い⁉　いっ……いいイっちゃん⁉」

「おう！　お淑《しと》やかな皆《みんな》のアイドル教師、イっちゃんだぞ。で、テメーはこんなとこで何やってんの？」

「せ、先輩……は？」

「うん？　まあ、あたしは人生の先輩なわけだが？」

ひどい返しだと思う。

この場で考え得る最悪の反応。寒いとかいう次元じゃない。

「……？　…………っ！　……⁉？」

美月はあまりの出来事に、目を見開いて口をぱくぱくと動かしている。絶句っていうのは、きっとああいう状態を表現する言葉なのだろう。

「んん？　今度は金魚の真似《まね》か？　あんまり上手くはねーな、三十点ってとこだ。まっ、何だかよくわからねーけど、とりあえずこのハンカチはテメーのだろ。ほれ、もう二度と落とすんじゃねぇぞ。じゃあ見回りの途中《とちゅう》だから、テメーはもう帰りな」

じゃーな、と言って、イっちゃん先生はひらひらと手を振りながら廊下の向こうへと消えていった。後に残った美月は、未《いま》だに状況《じょうきょう》が掴《つか》めていないのか、手渡《てわた》されたハンカチを握《にぎ》り締めて青い顔のままキョロキョロと周りを見ている。

そして——

「あ」

「あ」

目が合った。バッチリ合った。山の中で不意に熊《くま》と鉢合《はちあ》わせになったみたいに。

おそらく、その瞬間美月は全てを理解したに違いない。姿の見えない先輩。代わりに現れたイっちゃん先生。そして無様に立ちすくむ僕。この三つの指し示す真実とは⁉

……ここで次回に続いてくれれば、とりあえずこの場は助かるんだけどなぁ。

なんてことを考えながら突《つ》っ立っていると、鬼《おに》の形相で廊下の向こう側から走ってくる美月の姿が見えた。

ああ、これは死んだな。

悟《さと》りを開くかのようにごく静かに、僕はこれから身に降りかかるであろう災難に対する覚悟《かくご》を決めた。

「さくやあああああああああああ‼」

「ぐほぉ⁉」

走ってきた勢いのまま、美月は身を低くして体当たりをかましてきた。

小柄《こがら》な女の子とは思えないほどの衝撃《しょうげき》に吹《ふ》っ飛ばされて、僕は廊下《ろうか》に倒《たお》れ込む。

「何よこの展開は！　先輩逆方向に行っちゃったじゃないのよ！　し、しかもあんな姿をイっちゃんに見られて……っ！　これじゃ私はただのマヌケじゃないかああああ‼」

「……い、いや、まさかこっちに来るとは思わなかった」

「考えてみれば玄関《げんかん》に下りるにはそっちの階段からのが近いじゃないの！　何でそのことに先に気がつかないんだこのアホ！　ボケ！　バカ！　変態！」

緊張《きんちょう》の糸が切れて、恥《は》ずかしさやら悔《くや》しさやらが一度に溢《あふ》れてきたのだろう。美月はわめきながら無茶苦茶に腕を振り回してくる。しかもそれが結構痛い。

「ま、待て！　落ち着け！　この教訓を生かして次はこっち側で落とせばいいから！」

「に、二度とこんな恥ずかしいことするかバカあああああ‼」

バンッと勢いよくハンカチが僕の顔に叩きつけられた。

どうやら、今回の件は色々とトラウマになってしまったらしい。

その後、僕は怒《いか》り狂《くる》う美月をなんとかなだめながら、自分は一体何をやってるんだろうかという、わりと根本的な疑問を抱かざるを得なかった。

①落とし物作戦　……　失敗。

▼

「あっははははは‼　何それ超《ちょう》受けるんですけどっ！　あはははは‼」

「笑い事じゃないわよ！　あーもう！　咲也ごときの浅知恵《あさぢえ》に一瞬《いっしゅん》でも乗った私がバカだったわ！」

「あら〜、それは残念でしたね〜」

次の日の放課後。

また部室に集まって、昨日の出来事を皆に話しているところだった。

未だに怒りが冷めやらぬといった感じの美月はこっちを睨《にら》んでくるし、岸里《きしのさと》は腹を抱《かか》えて大笑いしてるし……、天満先輩だけいつも通りなのがせめてもの救いだ。

「策としては悪くなかっただろ……」

「あっははは！　確かにいい作戦だったと思うよ！　でも、ちょろーっとだけ詰《つ》めが甘かったみたいだね！　あははははは！」

「作戦自体ロクでもないわよ！　考えてみれば落とし物を拾ってもらったって、ありがとうどういたしましてで終わりじゃない！　たかだかハンカチ程度でそれ以上進展するわけないでしょ！」

「あー、確かにそれは言えてるかもね。それしきで、後日お礼に参りましたってわざわざ来られたら、そりゃ重すぎて引くわ。あははは！」

ぐっ……、成功さえしていれば名案のはずだったのに……！

僕は未だに笑い続けている岸里を睨みながらも、やっぱり発想が古臭《ふるくさ》かったのかなぁと思わずにはいられなかった。いや、そもそも僕に女性との出会い方を聞こうというのが間違《まちが》っているんだ。うん。

「あっはは……、もーさっきゅん、そんなに睨まないでよ。ちょっとツボに入っちゃったんだよ。ごめんごめん」

「別にいいけど、そこまで笑うんならそっちは何か良い案があるのか？」

「おっと、そう来たか」

そりゃあんなに笑われたら言い返したくもなる。

仮にも美月の友人なら、そこは協力するのが筋と言うものだ。それに、桜川先輩の写真で暴利を貪《むさぼ》っているようでもあるし。

「ま、ないこともないんだけどねー」

「え？」

「え？」

僕と美月の反応は同じだった。

僕の方は何も期待していなかっただけに意外だったわけだけど、友人であるお前がそんな反応をしていいのか……。

「じゃーん！　これを見てもらおうか！」

そう言って、岸里は鞄《かばん》から一枚のプリントを取り出した。

適当に突っ込んでいたからか、シワと折り目でひどいことになっている。

こういうのって性格がはっきり出るよなぁ……、と思いながら、僕はその紙くず同然のプリントを開いて、中に目を通した。

「えーっと……？　有志による本日放課後の裏庭掃除《そうじ》開催《かいさい》と募集《ぼしゅう》について？」

「なんだ、これって今日ホームルームで配られたやつじゃない」

そう言えば、イっちゃん先生がそんなのがあるって言ってたな。

有志ということだからすっかり忘れていたけど。

「ちっちっち……、甘いな二人とも。重要なのは、このイベントの主催《しゆさい》が生徒会だってところだぜい?」

「んなっ……!」

美月の目が驚愕《きようがく》に見開かれる。

確かにプリントの最後には生徒会主催と書いてあった。読み飛ばしていたから気がつかなかったらしい。

「生徒会主催のイベントってのは、生徒会役員は絶対出席が原則なのよね。それはつまり先輩《せんぱい》も参加するってことよ」

「なるほど。それに参加すれば接触《せつしよく》する機会もある。それに有志だから、参加しても別に不自然じゃないというわけか」

今の美月にはうってつけのイベントのように思えた。

掃除だったら仕事にかこつけて話しかけることもできるだろうし、もしかしたら感心な生徒として桜川先輩に覚えてもらえるかもしれない。

美月の方を見ると、食い入るようにプリントを見つめていた。目が血走ってるのが少し怖《こわ》かったけど、やる気は有り余るほど伝わってくる。

「……行く!」

「そうだな。上手くすればそのままお知り合いにもなれそうだし、がんばってな」

「は？　何言ってんの。あんたも来るのよ」

さも当然といった風に答える美月。しかも目が据《す》わってるのが何だかヤバイ。

「え？　な、なんで僕が？　それに今日は特売の日で早く帰らないと――」

「うっさい黙《だま》れシャラップ！　昨日の失敗の責任を取りなさい！」

「いや責任ってお前……、それに僕がいたところでどうにかなるわけでもないだろ」

「バカ！　私一人だったら先輩とまともにしゃべれないじゃない！」

確かにそれは切実な問題だけど、言ってる内容はものすごく情けないぞ……。

「そんなことなら別に僕じゃなく岸里でも――」

「おっと、私はパス。掃除とかぁー柄《がら》じゃないんでぇー」

「柄じゃないのは認めるけど、言い方がムカツクな！」

小バカにしたような表情も絶妙《ぜつみょう》にウザイ。人の神経を逆なですることに関してはプロ級の腕前《うでまえ》だと認めざるを得ない。

「あーもうごちゃごちゃうっさい！　とにかく咲也も参加！　文句を言わない！　それで私は先輩と……、えへ……、えへへへ……」

勝手に僕の処遇《しょぐう》を決めるやいなや妄想《もうそう》の世界に旅立ってしまった美月を見て、僕はがっくりと肩《かた》を落とした。

こうやって周囲の女性に流されてしまうのもいつも通りと言えばいつも通りで、それが一層僕を情けない気分に叩《たた》き込んでくれるのだった。


「ではこれから裏庭掃除を始めます。皆《みな》さんゴミ袋《ぶくろ》を一枚ずつ取って――」

壇上《だんじょう》で生徒会役員の一人が段取りを説明している。

ちなみに桜川先輩ではない。彼女は横で他の役員と一緒《いっしょ》に控《ひか》えていた。

「ああ……、先輩は今日も美しいわ。先輩の美貌《びぼう》の前では空は落ち、地は割れ、海は干上がってしまいそう……」

「先輩を勝手に天変地異にするなよ……」

横にいる美月は役員の説明など聞いているはずもなく、最初からずっと視線を桜川先輩に釘付《くぎづ》けにしている。

これは何を言っても無駄《むだ》だなと思いながら視線を周囲に移すと、参加している生徒は意外と多く、ざっと見積もって三十人くらいはいた。

校風として真面目《まじめ》な生徒が多いのかもしれない。もっとも、このくらいの人数はいないと、とてもじゃないが掃除しきれないというのもある。

私立星城学園の敷地《しきち》は無駄に広い。元々は郊外《こうがい》の広い土地に建てられ、自然とともに女性を育むという理念だったらしい。

もっとも、長い年月の間に周辺はすっかり開発されてしまって、元々は自然溢れる山林が広がっていたはずの場所は、すっかりニュータウンとして変貌《へんぼう》を遂《と》げてしまったわけなのだけれど。

それでも敷地自体はそのままなので、学校の中に裏庭があったりため池があったりするのだとか。今まで足を踏《ふ》み入れたことがなかった領域だけに、もしかしたら良い機会だったのかもしれない。

「では分かれて掃除に取り掛《か》かってください」

役員の号令で、それぞれが持ち場へと散っていく。

当然桜川先輩も同じだ。僕は見失わないように目で追いながら美月に声をかけた。

「行こう。とりあえず先輩の近くで掃除するぞ」

「ゴミ袋を持った先輩も美しい……。まるで勝利の旗を掲《かか》げるジャンヌ・ダルク……」

「ただの黒いゴミ袋がえらく出世したな！」

いい加減長すぎるので、軽く小突《こづ》いて正気に戻《もど》した。

落ち葉やゴミをハサミで拾い上げながら、なるべく自然に先輩へと近づいて行く。

都合のいいことに、先輩は一人でもくもくと掃除をしているところだった。

「今がチャンスだと思うけど、早速話しかけようか？」

「ま、待って！　なんて言って話しかけるのよ！」

「そりゃあ……、一緒に掃除しましょう、とか？」

「そんなの変に決まってるでしょ！　大体複数でやるような作業じゃないし」

そう言われればその通りだ。重いものがあるわけでもないし、高いところに手を伸《の》ばすわけでもない。

「と、とにかく今は様子を見るわよ。機会を待つのよ」

美月の言葉通り、僕達はもくもくと掃除を続けた。

近くも遠くもない距離《きょり》に先輩を捉《とら》えたまま、特に何が起こるわけでもなく時間は過ぎていく。

「うーん。いっそのこともっと近づいたら、自然に会話が発生するんじゃないか？」

「バ、バカ！　そんな下心丸出しなことできるわけないでしょ！」

「いや、別に下心じゃないだろ……」

「それに心の準備もできてないのに、いきなり先輩から話しかけられたりしたらどうすればいいってのよ！」

「それが目的でこのイベントに参加してるんじゃなかったのか……」

割と根本的なところでダメ出しをくらったのが納得いかない。特売に行く予定を覆《くつがえ》されてここにいる身の僕としては、結構精神的ダメージが大きかった。

やり切れなさを感じながらも、他にすることもないので掃除を続ける。

機会はなかなか訪れない。そうこうしている内に、遠くから掃除の終わりを告げる声が聞こえてきた。

周りで掃除をしていた生徒達が、大きくなったゴミ袋の口をくくっている。それを見て、僕の頭の中にパッと名案が浮《う》かんだ。

「あ、これだよ美月」

「え？　こ、これって何よ」

「最後にゴミ袋をくくって焼却炉《しょうきゃくろ》まで持って行くように、最初の説明で言ってただろ？　先輩のところに行って、ついでに持って行きますって言えば、話をするいいきっかけになるんじゃないか？」

「そ、それよ！　ナイス咲也！　確かにそれなら自然だわ！」

ついに訪れた絶好の機会に、美月は目を輝《かがや》かせる。

おそらくこれが今回のイベントでのラストチャンスだ。これを逃《のが》すとまた失敗ということになる。さすがに連続は避《さ》けたいので、何としても成功させなければ。

「よし、じゃあ早く先輩のところに行ってこい」

「な⁉　わ、私が⁉」

「いや、お前以外いないだろ⁉」

「え？　で、でも」

あろうことか、イベントの主役が戸惑《とまど》っていらっしゃる。

きょろきょろと不安そうに周囲を見回して、戸惑う気持ちをそのまま表しているかのように両手をわたわたと動かしている。

……本当にこいつは先輩のこととなると、一気に小動物チックになるな。

「む、無理！　一人でとか無理だよ！　咲也も一緒に来て！」

美月はすがるような目でこちらを見上げてくる。まるで打ち捨てられた子犬のようだ。

しかも弱々しく制服の裾《すそ》を摑《つか》んだりもしていて、その手は小さく震《ふる》えていた。

……ったく、しょうがない！

「わかった、一緒に行くよ。でも、話しかけるのは美月、お前だからな」

「う、うん！　ありがとう咲也！」

本当に嬉《うれ》しそうな満面の笑み。

作られたお嬢様《じょうさま》風なものでもなく、自分勝手でわがままなものでもない。心から出てきた生《なま》の感情を、そのまま伝えるような素直な笑顔。

一瞬《いっしゅん》、僕は頭が真っ白になってしまい、やがてはっと我に返ると、軽く頭を振《ふ》った。そして、普段《ふだん》からこれくらい素直ならいいのに、と何かを誤魔化《ごまか》すように、そう考えた。

僕は美月を引き連れて桜川先輩に近づく。ちょうどゴミ袋の口をくくり終えたところらしく、絶好のタイミングだった。

「あら？　あなた達は……」

先輩もこちらに気づいたようで、きょとんとした顔で僕達を見た。

「あ、あの……！」

美月が一歩前に出て、必死に声を絞《しぼ》り出そうと口を開く。

その顔は沸騰《ふっとう》するんじゃないかと思える程赤くなっており、今にも泣き出しそうに瞳《ひとみ》が潤《うる》んでいる。ぎゅっと握《にぎ》り締《し》めた手を胸に当てて、まるで一世一代の告白でもしようかという勢いだ。

「せ、せせ、先輩……！」

「はい、何でしょう？」

頑張《がんば》れ！　そこだ！　思い切って言うんだ！

知らず知らずのうちに、僕は自分の手を固く握り込んでいた。もどかしさと応援《おうえん》する気持ちから、端《はた》から見ている僕までもが緊張《きんちょう》してしまう。

まあ言おうとしている内容は、ゴミ袋を持って行きましょうか？　なんだけどさ。

「〜〜〜っ‼」

「あ、こら！」

しかし美月は緊張に耐《た》えられなかったのか、もう限界とばかりに声にならないうめき声を上げて僕の後ろに隠《かく》れてしまった。

ぎゅっと強く制服を握りながら、表情を隠すように顔を僕の背中に押し付ける。

「あの、どうかなさったのですか？」

「い、いえ！　ちょっと待ってください！」

いきなり矢面に立たされた僕は焦《あせ》る。慌《あわ》てて、先輩《せんぱい》には聞こえないように小声で美月に話しかけた。

「お、おい！　どうしたんだよ……！」

「ダメ……、無理……！　代わりに咲也が言って……！」

「で、でもそれじゃあ意味がないだろ……？」

返ってきたのは鼻声だ。どうやら感情のバロメーターが振り切れてしまったらしい。

背中に顔を押し付けたまま、いやいやという風に首を振る美月に、僕はこれ以上の負担はかけられないと判断するしかなかった。

怪訝《けげん》そうな顔をしている先輩の方へと振り返ると、僕はとりあえずその場を取り繕《つくろ》うために口を開いた。

「あ、すいませんでした。今から焼却炉に行くんで、そのゴミ袋も一緒に持って行こうと思いまして」

「まあ、それはどうもありがとうございます。ではお言葉に甘えてお願いしてもよろしいですか？」

僕の提案に、疑うこともなく笑顔で返す先輩。本来ならその笑顔は、僕ではなく美月が受け取らないといけないもののはず。

先輩のゴミ袋を受け取りながら、僕は奇妙《きみょう》な脱力感《だつりょくかん》を覚えていた。

こんな役回り、僕がやっても仕方がないのに。

「あの、お連れの方は大丈夫《だいじょうぶ》ですか？　何だか顔色が……」

「あ、大丈夫です！　こいつ恥《は》ずかしがり屋で、人前だと緊張しちゃって」

「そうだったのですか。それは申し訳ありません」

……まずい、気を遣《つか》わせてしまった。

とりあえず、ここは一度退却《たいきゃく》して作戦を練り直さないといけない。早々に別れを告げてこの場を去ろうと思っていた時だった。ふと気がつくと、先輩は僕の顔をまじまじと見つめている。しかもその様子がどことなく真剣《しんけん》で、僕は動かしかけていた足を思わず止めてしまう。

「あの、失礼ですが……、あなたとは以前どこかでお会いしたでしょうか？」

「え？　ぼ、僕ですか？」

ドキリと心臓が跳《は》ね、あからさまに狼狽《ろうばい》した声が出た。

以前も何も、つい昨日廊下《ろうか》で会ったばかりだ。顔は隠していたはずなのに、もしかしてばれてしまったのだろうか。

別にそれで困ることは何もないのだけれど、後ろめたいことには変わりがない。

「ええ、どこか……、どこかで……」

先輩は自分の記憶《きおく》を探るように、少しだけ目を細めて思考に集中している。僕は無言でその様子を見守るしかない。

しかし改めて見ると、桜川先輩はやっぱり相当の美人だった。可愛《かわい》いと言うより美しいと言う言葉がぴったりで、それでも全体的に温かな印象を与《あた》えるのは、きっと目元が優しげだからに違《ちが》いない。

でも悲しいことに、僕にはそんな評判通りの先輩と接していても、女性が苦手というマイナス要素が大きく立ちはだかるようで、向かい合って話しているとかなり居心地《いごこち》が悪く、一刻も早くこの場から立ち去りたかった。

加えて、今は美月のこともある。

背中に張り付いている美月の感触《かんしょく》が段々と重くなっていくように感じるのは、それがそのまま僕の心の沈降《ちんこう》具合を示しているからか。

「……申し訳ありません。どうしても思い出せないのです。私は二年の桜川静理と申します。本当に失礼で恐縮《きょうしゅく》なのですが、よろしければあなたのお名前を教えていただけないでしょうか」

「…………へ？　な、名前!?」

ぼーっとしていたところに不意打ちの質問が来て、僕は情けないほどに焦る。

こくりと頷《うなず》く先輩に、どうしてこんな流れになっているんだろうと首を傾《かし》げながらも、なんとか答えた。

「えーと、九条《くじょう》咲也と言いますけど……」

「九条……咲也……!?」

先輩の様子が急に変わった。手を口に当てて、意外な人物に出会ったかのように目を見開いている。

「九条って……、もしかして三年の九条先輩の……」

「あ、はい。弟ですけど……」

先輩が息を呑《の》む音がはっきりと聞こえた。

な、何なんだろうかこの反応は……。それに何だか、雰囲気《ふんいき》がおかしい気が……。

「そ、それでは、もしかして……」

先輩が恐《おそ》る恐るといった感じで何かを言おうとした時だった。

再び遠くから声が聞こえてきた。

集合の合図だ。

「あ、そろそろ行かないといけませんね」

「え？　あ……」

「じゃあ僕はゴミ袋《ぶくろ》を持って行きますから。それではこれで！」

僕は相変わらず背中にくっついている美月を引っ張るようにしてその場を後にした。

号令が聞こえたのを幸いと、逃《に》げるように去って来たのが不格好だけど、そんなことを言っている余裕《よゆう》はない。

焼却炉近くのゴミ置き場に袋を置くと、ようやく人心地《ひとごこち》ついた。さっきまでのあれは、まさに意外な展開と言う他ない。色んな意味で怒濤《どとう》の時間だった。

「……美月、もう落ち着いたか？」

「……うん。ごめん」

美月に話しかけると、会話ができる程度には回復したらしい。それでもまだ顔は赤いまだし、少し目が充血《じゅうけつ》しているのは涙《なみだ》を堪《こら》えていたからか。

「まったく……、僕がお知り合いになってどうするんだよ」

「裏切り者……。私を差し置いて先輩と楽しくお話してるなんて……」

「いや、どちらかと言うと僕がお前に裏切られた形だと思うぞ……」

それに楽しいどころか精神力がゴリゴリと削《けず》られたし、何だか変な雰囲気にはなるし。

はぁーっとお互《たが》いため息を吐《つ》く。

「やっぱり私ダメだ……。先輩の前に出ると、頭がグチャグチャになって、どうしたらいいかわからなくなる」

「……みたいだな。まさかあそこまでとは思わなかったけどさ」

「先輩……、私のことどう思ったかな」

「どうもこうも、真っ赤になって俯《うつむ》いてる印象しかないいんじゃないか」

何せ、それ以外の姿を見せていないわけだし。

ひょっとしたら記憶に残っていないかもしれないけど、もしそうなら、果たしてそれは喜ばしいことなのだろうか。

「う……、ううう～～～！」

くやしそうに地団太を踏《ふ》む美月を見ながら、僕は大きく肩《かた》を落とし脱力《だつりょく》した。

そして、ああこれはもう特売も終わってるだろうなと、今更《いまさら》ながらに思い出して、夕暮れに赤く染まる空を寂《さび》しく見上げるのだった。

②掃除《そうじ》でご一緒《いっしょ》作戦　……　失敗。

▼

「あーもう最悪だ最悪だ最悪だぁ！　あれが私の第一印象とか酷《ひど》すぎる！」

「あー……、確かに酷かったな、あれは」

またまた次の日の放課後。

同じようになんちゃら研究部の部室に集まって、昨日の反省をしている。

もっとも、反省と言うより後悔《こうかい》と言った方がしっくりくるのが現状だ。

「あんたさ、私のことを恥ずかしがり屋とか勝手に言っちゃってくれたわね」

「実際その通りだろ……。あの場じゃあの表現でもかなりマイルドだ」

「先輩が私のことをそういう風に覚えてたらどうしてくれるのよ！」

「身から出た錆《さび》だろ！　いきなり前面に押し出された僕の身にもなってみろ！」

ふーっと猫《ねこ》みたいに威嚇《いかく》してくる美月に、僕もつい同レベルになって返してしまう。

「はいはい～、二人とも落ち着いてくださいね～」

そんな僕達を見るに見かねたのか、天満先輩が紅茶の入ったカップを僕達の前に置いた。

趣味《しゅみ》はともかく、こういう心配りは本当にありがたい。

「あ、すいません……。どうも」

「……ありがと、先輩」

口に含《ふく》むと、落ち着く香《かお》りが鼻腔《びこう》を抜《ぬ》けて、ささくれ立っていた神経が鎮《しず》まっていく。

「色々と上手くいかなかったこともあったかもしれませんけどね～、それでも全くの他人だった昨日までと比べると前進ではないですか～？」

まさかあの天満先輩に励《はげ》まされるとは思っていなかったので、僕はカップを持ったまま、まじまじと先輩を見つめた。

「あ～、意外だって顔してますね～？」

「あ、いや、そんなことは」

「いいですよ～。この前からずっと皆《みな》で楽しそうにしてましたからね～。私だって仲間に入りたいのですよ～」

「先輩《せんぱい》、寂しかったの？」

ちょっとだけですけど～、と少し照れたように言う先輩は新鮮《しんせん》な感じだった。

「私だって部長として～、部活に参加しなきゃですよ～」

「部活って、先輩の活動は……ああいうのでしょう？」

ああいうの、の具体的な内容は口にしたくない。自分で傷口に塩を塗《ぬ》るようなことはしない方がいい。

「そうですけど～、部活って言うのはやっぱり部員全員で力を合わせて何かをすることも重要じゃないかと思うのですよ～。だから私も部長としてですね～、そっちの活動もノ～タッチというわけにはいきませんよ～」

「じゃあ先輩も協力してくれるんですか？」

「と言ってもできる範囲《はんい》でですけどね～。というわけで～、傷心の美月に耳寄りな情報をプレゼントしちゃいますよ～」

プレゼント？　と美月と顔を見合わせる。

ふっふっふと芝居《しばい》がかった怪《あや》しい笑い方をする天満先輩だったけど、はっきり言って雰囲気がほわほわしている先輩がすると、和み感たっぷりの可愛さしか出ない。

「桜川さんと自然に接する機会が欲しいのですよね～？　だったらお互いにリラックスする時に会いに行くのが一番ですよ～」

「リラックスって、どういうことです？」

「お二人はお昼にラウンジを利用してますか～？」

ラウンジとは学校内にある多目的施設《しせつ》で、購買《こうばい》部や食堂など勉強関係以外のことで利用するために造られた建物だ。でも、お昼に利用ということになれば、それはつまり食堂のことを指す。

「いえ、弁当なんで教室で食べてますけど」

「私も」

「実は桜川さんはお昼をいつもラウンジで済ませているそうなのです～。つまり～、お昼にラウンジに行けば必ず彼女がいるということですね～」

なるほど、それは耳寄りな情報だった。

桜川先輩を追いかけている僕達にしてみれば、その位置情報を把握《はあく》するのは非常に重要なことだと言える。

今のところ決まった曜日の生徒会室以外は、先輩の教室を除いて、はっきりと居場所がわかっていないし、仮にわかっていたとしても、周囲の状況《じようきよう》によってはすぐに接触《せつしよく》できるとも限らない。

そう考えると、食堂なら誰《だれ》が入ってきても自然だし、比較的《ひかくてき》簡単に接触できるだろう。

「ラウンジでは相席が普通《ふつう》ですからね～。狙《ねら》えば同席できるかもしれませんよ～？」

「それに食事しながらだと、確かにお互いリラックスして会話できるかもしれませんね」

これはかなりの名案のように思える。

天満先輩、ふわふわしてるようでこんな有益な情報を持っていたとは。

「私もラウンジを利用してますからね～。美月から桜川さんの話を聞いたので彼女に気づけたんですよ～」

「やっぱり重要なのは人のつながりってことですかね。で、どうする美月？　もちろん行くんだろ？」

「え？　あ、も、もちろんよ！　決まってるじゃない！　せせせ先輩と一緒にお昼ご飯とか！　夢と妄想《もうそう》の中でしかしたことないから絶対行くわよ！」

夢と妄想の中ではしてたのか、というつっこみは無粋《ぶすい》だろうか。

「ん～、でもいいんですか～？」

「いいって、何がです？」

　息巻く美月を見て、天満先輩は首を傾げながら疑問を口にする。

「だってこの場では元気いっぱいですけど～、また彼女を前にしたら同じことになるのではないですか～？」

　確かに、言われてみればきっとその通りだろう。

　何せ昨日みたいに一言声をかけるだけであれだ。一緒に食事となったら、下手をすれば今度こそ意識を失いかねない。

　どうやら美月もそこは自覚しているようで、くやしそうに唇《くちびる》を噛《か》んでいる。

「でも、この情報を生かさないのはもったいないような……」

「……生かすに決まってるわよ。先輩と食事とか……、逃《のが》してなるもんか！」

「でもどうするんだよ。何かあてでもあるのか？」

「う……、それは、ないけど………。でも何とかするわよ！」

　威勢《いせい》はいいけど、それだけではさすがにどうにもならないだろう。

　とは言え対策があるわけでもないし……、これはかなりの難問だ。

　僕が腕《うで》を組んで唸《うな》っていると、ちょいちょいと肩をつつかれる感触《かんしょく》がした。振《ふ》り向くと、天満先輩がいつも通りの笑みを浮《う》かべてこちらを見つめているところだった。

初日に比べると少しは慣れたとは言え、やっぱり女子が近くにいるとそれだけで緊張《きんちょう》が走る。しかも天満先輩からなんだかいい香りが漂《ただよ》ってきて、どぎまぎと緊張が合わさり、落ち着かないことこの上ない。

「私に一つ提案があるのですが～」

しかし天満先輩はそんな僕など当然気にすることなく、近い距離《きょり》でもマイペースに話を進めていく。

それにしても……、提案？ 何の提案だろう？

「咲也さんは聞くところによると～、もう桜川さんとお知り合いになったんですよね～？」

「まあ、意図せずですけど……って美月、恨《うら》めしそうに睨《にら》むなよ！」

元はと言えばお前のせいなんだから。

「そこでですね～、提案と言うのは～、咲也さんが橋渡《はしわた》しをすればいいと思うのですよ～」

「橋渡し？ って……、え？ つまり？」

「つまり咲也さんを通じて美月が桜川さんとお知り合いになればいいのです～。これはもう立派なコネというやつですね～」

「それだ！ 咲也を通じて私を紹介《しょうかい》してもらえばいいんじゃない！ さすが天満先輩！頭良い！ と言うわけで、明日《あした》のお昼はラウンジに行くわよ！」

「え？　……ええ!?」

ま、また僕の意向を完全スルーで予定が立てられている!?

「それほどでも～。それに美月も咲也さん相手なら平気みたいですから～。直接彼女と接するのが大変なら咲也さんを間に置けばいいではないですか～」

「僕は緩衝材《かんしょうざい》か何かですか！」

こっちを置いてけぼりにしたますますっかりやる気になっている美月とは対照的に、もうほとんどお守り役みたいになってしまった僕は、我が身を哀《あわ》れむしかない。

とは言え、天満先輩の言っていることはかなり的を射ているのも事実だった。

美月一人では、おそらく百年経《た》っても進展なんかしないだろうし。

ただ問題は、その緩衝材自体が女性を苦手とするという決定的な欠陥《けっかん》があることで……。

盾《たて》として女子に相対するなんて考えただけで逃《に》げ出したいレベルなんだけど……。

「なあ美月……、やっぱり僕はそういったことは……」

「無理とか言わないわよね、さくやちゃん……」

……！　み、耳元で囁《ささや》かないでください。

しかも結構ドスがきいているように聞こえるのが怖《こわ》い。とても逆らえそうにない。かくかくと壊《こわ》れた人形のように頷《うなず》くしかなかった。

「先輩と一緒にお昼……。えへへ……、あ～んとかしちゃったり、えへ、えへへ」

「その妄想力を現実で少しでも発揮してくれたらな……」

僕の願いを込めた呟《つぶや》きも、すっかり旅立ってしまった美月の耳には届かない。

今はどうやらパイプ役に甘んじる以外には方法はなさそうだけど、女の子との橋渡しとか、おそらく僕はこの世で一番不適任だと思うぞ……。

それにしてもラウンジか。

壮次郎《そうじろう》には何て言って抜け出そうか。どうせ色々と詮索《せんさく》されるのだろうけど、今から言い訳を考えるのにも頭が痛くなりそうだった。

▼

「ふーん、思ってたより広いわね」

「だな。それに食堂って感じじゃなくて、なんかカフェテリアみたいだ」

翌日の昼休み。

早速ラウンジにやって来た僕達は、食堂に入るなりそんな感想を漏《も》らした。

そこは体育館以上の広さで、壁《かべ》は一部ガラス張りのため外からの光をふんだんに取り入れるような造りになっており、かなりゆったりとした印象だ。

元々は生徒全員が集まって食事をしていた場所なので、これだけのスペースを確保しているのだとかなんとか。

「で、せせせ先輩はどこにいるのかな！　は、早くあんたも捜《さが》してよ！」

「わかってるから落ち着け。今からそんなのでどうする……。それにもう少し声を落とさないと、他にも人がいるんだし本性がバレるぞ」

もう既《すで》にテンパりかけて言動がおかしくなっている美月を何とか落ち着かせて、僕達は食堂へと入った。女子の比率が圧倒的《あっとうてき》に高い空間に足を踏み入れたことで、はっきりと自分の足が重くなったことを実感する。

ゆっくりと歩きながら桜川先輩の姿を捜す。人は結構いたけど、十分な広さのためそれほど混んでいるという風には感じなかった。

「い、いた！」

先に見つけたのは美月だ。その方向に目を向けると、確かに桜川先輩が数人の女生徒と談笑しながら食事をしているのが見えた。

「ついてるな。隣《となり》が空いてるぞ」

「え？　うそ⁉　どどどどうしよう咲也！」

「いや好都合だろ……。とにかく打ち合わせ通りにやるしかない。僕は先に席を確保しておくから、お前は自分の分の昼ごはんを買って来るんだ」

わかった！　と言って美月は一度離《はな》れる。

一昨日《おととい》と同じ轍《てつ》を踏まないために、事前に立てた計画通りに事を進めなくてはいけない。

僕は気が進まない心を何とか奮い立てて、できるだけ自然な足取りで先輩へと近づくと、その隣の空いている席に持参した弁当を置いた。

ラウンジで食べることは食べるけど、家族の分も作らないといけないので、結局は弁当持参という形になってしまったのだ。

「あの……、隣座ってもいいですか？」

「ええ、もちろん。……あ、あなたは」

フレンドリーな返答の後、先輩はすぐに僕に気がついた。

それにつられるように、同席していた女生徒達も一斉《いっせい》にこちらを向く。いきなり視線が集まったことに早くも心が挫《くじ》けそうになるけど、ここは耐《た》えるしかない。

「九条さん……でしたね。昨日は、その、どうもありがとうございました」

「あ、いえ……、お礼を言われるほどのことではありませんから。あ、それと一人連れがいるんですけど、ご一緒《いっしょ》してもいいですか？」

我《われ》ながら随分《ずいぶん》と大胆《だいたん》な話の進め方をしているけど、あらかじめ決めてきたセリフを再生しているだけなので、発音は限りなく棒読みに近い。

先輩《せんぱい》の友人達にも許可をもらい、好奇《こうき》の視線を努めて無視しつつ僕は席についた。後は美月を待つだけだ。と言うか早く来てくれ。僕を一人にしないでくれ！

心の中で手を合わせて願っていると、美月がトレイを持ってこっちに近づいてくるのが見えた。

地獄《じごく》に仏な気分だったけど、それはすぐに不安へと塗《ぬ》り直される。なにせ遠目から見てもはっきりと緊張しているのがわかるのだ。既に膝《ひざ》が笑っているのがその証拠《しょうこ》。こけて料理をぶちまけはしないかと、見てるこっちがハラハラする。

「お、お待たせ！」

「あ、ああ」

美月はそう言って、僕の隣に着席する。美月と先輩に挟《はさ》まれる形になるけど、これも事前の打ち合わせ通り。

まず、美月は直接先輩と接触《せっしょく》しない。これを今回徹底《てってい》する。

美月は当然文句を言ったけど、面と向かい合うと一昨日の二《に》の舞《まい》になる自覚はあるようで、最終的には渋々《しぶしぶ》従った。

「……そちらの方は、一昨日の？」

「え、ええそうです。淡路美月って言って、クラスメートです」

さりげなく名前を告げて、先輩に覚えてもらうようにする。会話は全て僕が担当するため、まるで通訳か何かにでもなったみたいだ。

「………そうですか。淡路さんも一昨日の掃除《そうじ》に参加していただいて、どうもありがとうございました」

そう言って丁寧《ていねい》に頭を下げる先輩に、美月は目を合わせることなくぶんぶんとお辞儀《じぎ》を返す。絶対に先輩の顔を見ないというのも対策の一つだった。

「ねえ静理。この子達って一年生？」

「へえ、一昨日の裏庭掃除に参加してたんだ。偉《えら》いじゃん」

「え？　あなた、男の子だったの？」

先輩の友人達に話しかけられるのは本当に辛《つら》かったけど、何とかやり過ごす。何度も作り笑顔が引きつりそうになった。最後の一言はこの際もう気にしないでおこう。

一方で美月にとっては比較的《ひかくてき》穏《おだ》やかな時間が過ぎていった。作戦遂行《すいこう》のために僕だけがダメージを担当していたので当然と言えば当然なんだけど。

僕はちらりと横目で美月の様子を確認する。決して先輩と目を合わせないように、じっと目の前のうどんを見つめながら、一本一本麺《めん》を啜《すす》っていた。緊張しているのは雰囲気《ふんいき》からもわかったし、おそらく味なんてしてないだろう。

先輩達に聞こえないよう、僕は小声でそっと話しかけた。

「……大丈夫《だいじょうぶ》か？」

「今のところは何とか……。でも、私今ほんとに先輩と一緒にお昼してるんだよね……。うわーうわー……」

赤面したままうどんを啜る姿はかなりシュールなものだったけど、とりあえず意識は保てているらしいのでよしとする。

まずは、第一関門は突破《とっぱ》というところだろうか。

ではそろそろ、次のステップに進まなければならない。……僕の精神力が枯渇《こかつ》してしまわないうちに……。

「と、ところで桜川先輩って、去年の学校説明会で案内役をしてたそうですね」

「はい、そうです。あ、九条くんも出席していらっしゃったんですか？」

「いえ、僕は出てなかったんですけど、こいつ、美月が参加して、そこで桜川先輩を見たらしいんです」

美月を話題の中心に据《す》えて、自然と印象に残るようにしむける。

一方、自分の名前が出たことで、美月は一瞬《いっしゅん》ビクッと震《ふる》えた。

「まあ、そうなんですか」

「ええ。こいつはそれを見てこの学校を受けることにしたみたいなんですよ。一年生だったのにそんな大役を果たすなんて、すごいですね」

実際には学校案内の内容からではなく桜川先輩自身が目当てで入学したんだけど、それはさすがに言えるものじゃない。

「ありがとうございます。そう言っていただけると、私も引き受けた甲斐《かい》があったというものです」

嬉《うれ》しそうににこりと笑うその顔を見て、僕は結構な手応えを感じていた。

美月を見ると、姿勢はさっきと変わらないけど、口元がにやけている。

「あの、ところで……、私からもいくつかお聞きしたいことがあるのですが」

「え？　あ、はい。美月にですか？」

ま、まずい。直接質問されると美月自身が答えざるを得なくなる。僕が代わりに答えられるようなものならいいけど、この展開は想定してなかった。

「いえ、そうではなく……、九条くんのことです」

しかし想定外だったのは先輩の答えだった。

僕は一瞬何を言われたのか理解できずに「へ？」とバカみたいな返事しかできなかった

けれど、すぐに気がついて取り繕《つくろ》う。

「ぼ、僕に、ですか？　ど、どうして……」

「色々と、確認したいことがありまして」

おー……、と何だか感心したような声を他の先輩方が上げたけど、そんなことを気にしている余裕《よゆう》はなかった。

確認？　僕に？　思い当たる節は何もないのに？

「九条くんのお家はどの辺りにあるのでしょうか？」

「う、うちですか？」

しかも、聞かれた内容があまりにも意外だった。僕の家の場所なんて聞いてどうするのだろうと考える暇《ひま》もなく、真っ直ぐな先輩の視線が僕に回答を促《うなが》す。意味がわからないながらも隠《かく》す必要はないので、僕は半ば呆然《ぼうぜん》としながらその質問に答えた。

その後も矢継《やつ》ぎ早《ばや》に繰《く》り出される、小学校はどこだったか、子供の頃《ころ》はどの公園でよく遊んでいたか、昔はどんな子供だったかなどといった質問に、僕は条件反射のように答えていった。

質問内容が妙《みょう》に僕の過去に偏《かたよ》っているような気がしたけど、その理由を考えるような余裕はなかった。

身を乗り出すようにじっと僕の顔を見つめながら質問する先輩に、それを面白そうに見つめている他の女生徒達。状況《じょうきょう》が僕の味方をしてくれるはずもなく、頭がオーバーヒートしないように意識を保つのが精一杯《せいいっぱい》だったのだ。

その時、くいくいと袖《そで》を引っ張る感触《かんしょく》がしたので振《ふ》り向くと、美月が少し拗《す》ねたような目でこちらを見ていた。

「な、なに？」

「二人で話してないで、私のこともちょっと気にかけなさいよ……！」

と言われても、僕自身もどうしてこうなったのかわからないような状況なのに、そこから上手く誘導《ゆうどう》して美月を話題の中心に据えるなんて器用な芸当ができるはずもない。溺《おぼ》れそうなのはこっちの方なんだから、藁《わら》のように摑《つか》まれても困る。

「……そう言えば、淡路さんは九条くんと同じクラスでしたね」

「ひゃい⁉」

いきなり先輩が名前を呼んだことで、美月の気が一気に張り詰《つ》めたらしく、妙に甲高《かんだか》い変な声が漏《も》れた。

見ると先輩は、笑顔のまま今度は美月を見つめている。ということは、美月は今僕の方を向いていたわけで、自然と肩越《かたご》しに先輩と目が合ってしまっている。

「あう……、あうあうあう……」

「どうですか？　淡路さんはこの学校での生活は楽しんでいますか？」

さっきから黙《だま》ったままの美月に気を遣《つか》って声をかけてくれているのかもしれない。

なんて優しい心遣《こころづか》いだと賞賛したいところだけど、今はその優しさが美月を緊張《きんちょう》の崖《がけ》っぷちへと追い込んでいる。

「み、美月……、大丈夫か？　ここは無理をするなよ……」

僕は先輩に聞こえないように声を絞《しぼ》って話しかけた。でも、美月はあうあうと漏らすばかりで反応が無い。ここは一昨日のようになる前に、さっさと撤収《てっしゅう》するべきだろうかと悩《なや》んでいた時だった。

「た、楽しいです！」

なんと美月は震え声ながらもしっかりとそう返したのだ。

僕はちょっと感動を覚えながらも、大丈夫だろうかという不安を拭《ぬぐ》いきれずに、固唾《かたず》を呑《の》んで見守るしかなかった。

「それはよかったです。淡路さんは普段《ふだん》からラウンジで食事を？」

「そ、そうです！」

おい待て。

お前は普段教室で食べてるだろ！

「そうですか。おうどんがお好きなのですか？」

「そ、そうです！」

「私も好きです。美味《おい》しいですよね」

「そ、そうです！」

……ああ、これはそういうことか。

どうやら美月が勇気を振り絞って会話しているわけではなくて、ただひたすら桜川先輩の声に反応しているだけらしい。その証拠に話が嚙《か》み合ってないし、何より美月の目の焦《しょう》点《てん》が合ってない。

「……ところで、九条くんとは一昨日《おととい》も一緒でしたけど、お二人はお付き合いなさっているのですか？」

「そ、そうです！」

「ちょっ！　ちょっと待て！」

いきなり会話がデンジャーゾーンに入り込んでしまったので、僕は慌《あわ》てて止めに入る。

対岸の火事があっという間にこっちまでやって来たみたいな恐《おそ》ろしさだった。

「ち、違《ちが》います。僕達は付き合ってなんてないですよ？」

「あら、そうなのですか？　とても仲が良く見えたので、てっきりそうだと思っていましたが、違うのですか？」

「そうで……！　もが、もがが！」

「いいからお前はちょっと黙ってろ！」

　これ以上放置しておくと、とんでもない被害《ひがい》をもたらすと判断して、僕は慌てて美月の口を手でふさいだ。う〜う〜と唸《うな》りながらじたばた暴れる美月を見下ろして、今日も厄日《やくび》かと天を呪《のろ》わずにはいられない。

「す、すいません。こいつちょっと照れて緊張してるみたいで、わけのわからないことを口走ったりしてますけど忘れてください！」

「はあ、そうなのですか」

　先輩《せんぱい》達はきょとんとした顔で僕達を見ていた。

　説明も行動もあからさまにおかしかったけど、どんな醜態《しゅうたい》も今の美月にしゃべらせるよりははるかにマシだ。

「でも、そうですか……。本当にお二人はお付き合いしていないのですか……」

「そ、そうです！　間違いなく付き合ってません！　じゃあ僕達はこれで、お先に失礼しますね！　ほら美月、行くぞ！」

「もがー！」

まだ暴れている美月を何とか押さえつけながら、僕は足早に食堂から立ち去った。

去り際に桜川先輩の声で「よかった……」という呟《つぶや》きが聞こえた気がしたけど、とりあえず今はそれどころじゃない。

この暴れ猫《ねこ》を何とかしないことには——

「……！　ぷはっ！　いきなり何してくれてんのよバカ！」

「バカはどっちだ！　お前自分が何を口走ってたのかわかってるのか!?」

中庭まで出て、僕はようやく美月を解放する。

その瞬間《しゅんかん》に飛んできたのは案の定罵声《ばせい》だった。

「何って、私はただ桜川先輩と楽しいお昼の会話をしてただけじゃない！」

「わかってない、わかってないぞ……！　あれは会話と呼べるもんじゃ到底《とうてい》ない」

敢《あ》えて言うなら反応か条件反射だ。いや、白昼夢と言ってもいいかもしれない。

「はー……、でも桜川先輩とお話をしてしまったわ……。先輩と言葉のキャッチボール……、えへへ……えへへへへ……」

「いや、あれはキャッチボールじゃなくバッティング練習だな！」

先輩からの球を全力で打ち返してただけだもんな。完全に明後日《あさって》の方向に。

「しかも変な誤解を受けるようなことにまで反応するし……、あれはまずい」

「変な誤解って何よ。私はただ先輩と結婚式《けっこんしき》の予定を語り合ってただけじゃない！」

「ああ……、妄想《もうそう》の世界の先輩と会話してたわけね……」

重症《じゅうしょう》だ。医者も黙って首を横に振るレベル。

「いいか、お前は僕と付き合ってると思われたんだぞ？」

「は？　私があんたと付き合う？　やだ、キモイ」

「それを、お前が肯定《こうてい》したんだろうが！」

それを聞いて、美月の顔がみるみる青ざめていく。

「え!?　うそ!?　やだ！　どどどどうしよう！　先輩に誤解された!?」

「一応僕がすぐに否定しておいたから大丈夫《だいじょうぶ》だと思うけど……、それにしたってあれはまずすぎる」

どうしようどうしようと頭を抱《かか》える美月に、こっちが頭痛のしてくる思いだ。

あることないことを上の空で返事するくらいなら、まだ意識を失って無言でいてくれた方がはるかにマシだろう。

「わ、私の印象どうだった？　良かった？」

「いやー……、どうだろう」

何だかよくわからないというのが正しいんじゃないだろうか。

最初はずっと黙りこくっていて、話し始めた途端《とたん》にあれでは、美月がどんな性格かなんてわかるはずもない。

敢えて言うならちょっと……、いやかなり変な子ってところか。

まあ控《ひか》えめに見ても、良い印象では確実にないよな……。

「ううう……！　また変な印象を持たれたんじゃないでしょうね！　どうしてくれるのよあんた！」

「いや、たとえそうだとしても１００％お前自身のせいだからな!?　でもまあ名前は伝えておいたし、学校説明会のこととかも言ったし、一応は進展したんじゃないかな」

「そうかもだけど、でも……、うわあぁ………」

今更後悔《いまさらこうかい》の念に襲《おそ》われているらしい。

それでも、一昨日の時点における『名前の知らない変な下級生』が『淡路美月という変な下級生』に変わっただけでも成功だと言えるんじゃないだろうか。

「……いや、これって成功、か？」

「何一人でわけわかんないこと呟いてんのよ！　咲也のバカー！」

「なんで僕が!?　って人が来る人が！　早く猫を被《かぶ》れ！」

「うがー!!」

その後、昼休み終了《しゅうりょう》のチャイムが鳴るまで、僕はこの理不尽《りふじん》暴走猫をなだめ続ける羽目になるのだった。

③一緒《いっしょ》にお食事作戦……成功?

4

「咲也《さくや》ちゃん。今度の日曜日は、予定空いてる？」

「ん？　特に何もないけど、どうして？」

ある日の夕食の席で、姉さんが唐突《とうとつ》にそう切り出した。

平然と返しているように見えるかもしれないけど、実のところ僕は内心ではものすごく驚《おどろ》いていた。なぜなら姉さんが予定を聞いてきたからだ。

いつもの姉さんなら予定があろうがなかろうが、無言の圧力で自分に都合のいいスケジュールを強制するはずなのに、これは天変地異の前触《まえぶ》れか何かかもしれない。

「……今とっても失礼なこと考えてなかった？」

「め、滅相《めっそう》もござらぬ！」

思わず口調が怪《あや》しくなったのは、ちょうどテレビ番組が時代劇に合わさったからだろう。

それを操作していた秋穂《あきほ》は、リモコンを放り出して話に割り込んできた。

「あっ、お姉ちゃん！　抜《ぬ》け駆《が》けなんて許さないよ！　デートに行くんならわたしも絶対一緒に行くからね！」

「落ち着きなさい秋穂。今回はそういうのじゃないから」

デートという不適切な単語が兄妹《きょうだい》の間柄《あいだがら》で出るのは、根本的におかしいという感覚はないのだろうか。……まあ、ないんだろうな。この姉妹には。

「実は今度の日曜日、学校であるイベントがあってね。咲也ちゃんにはそれに参加して欲しいのよ」

「イベント？　学校で？　そんな話、聞いたこともないけど」

「それはそうでしょうね。何せ生徒の有志による開催《かいさい》だから、学校側は場所を提供してくれるだけで直接は関係してないし、それに生徒全員が参加できるっていうイベントなわけでもないからね」

どこか含《ふく》みのある言い方だった。こういう話の切り出され方は、大抵《たいてい》がロクでもないものばかりなのは経験則で知っている。

「……変な集まりじゃないだろうな」

「どうしてそんなに疑《うたぐ》り深いのかしらね。育て方間違ったかしら？」

ふぅ……、とわざとらしいため息を吐《つ》く。

ああ、姉さんから長年受けて現在も続く過剰《かじょう》なスキンシップという名の接し方は、はっきりと僕の人格形成に悪影響《あくえいきょう》をもたらしていますよ。

……と、声に出して言えないのが悔《くや》しい。

「大丈夫。毎年この時期に開いてる由緒《ゆいしょ》正しいただのお茶会よ」

「お茶会？」

「そう。新入生が入ってきて一ヶ月ほど経《た》ったくらいに、上級生達との交流も兼《か》ねて開催するのが星城《せいじょう》学園の伝統みたいなものなのよ。まあ内容は、お茶会っていう名前の通り、お茶を飲んでただ談笑するだけなんだけどね」

ほんとお嬢様《じょうさま》チックよね、と姉さんは笑った。

「そんなイベントがあったんだ。そりゃ僕も新入生だけど、どうして僕が？」

正直そういった格式ばった感じのイベントは苦手だ。しかも上級生は女生徒しかいないし、交流と言われたってあんまり乗り気にはなれない。

「今回はちょっといつもと違った事情があってね。ほら、今年から共学になったでしょ？ということはもちろん、お茶会には男子を誘《さそ》わないとってことになるわよね」

「確かにそうだね」

「でも、女子と違って男子の場合、どうやって誘ったらいいのか皆《みんな》悩《なや》んでいてね。まあ普《ふ》通《つう》に声をかけるしかないんだけど、じゃあ誰《だれ》にって話になるのよ」

「ああ、その点お兄ちゃんなら大丈夫ってことね」

「そういうこと。咲也ちゃんなら私の弟ということで皆にも紹介《しょうかい》しやすいし、向こうも話しかけやすいというわけ。それに、私も皆の前で思いっきり咲也ちゃんを自慢《じまん》できるし、一石二鳥というわけよ！」

二羽目の鳥は全くいなくてもいいんじゃないでしょうか……？

「ちょっとズルイよお姉ちゃん！　わたしも友達にお兄ちゃん自慢したい！」

「お、一応僕も、秋穂にとっては自慢の兄というわけか」

普段は散々な扱《あつか》いだけど、心の中ではそう思ってくれているのか……。少し感動。

「うん。こんなにもわたしの言う事よく聞くんだよーって紹介する！」

「犬扱いか！」

前言撤回《てっかい》！　この姉妹はどこまでいってもこの姉妹だ！

「で、どうする？　咲也ちゃんには是非《ぜひ》出席してもらいたいのだけれど」

「今の話の流れで、首を縦に振《ふ》る気にはなれないな！」

「ふうん？　このお茶会には二年生の桜川《さくらがわ》さんも出席するんだけど？」

ぴたりと、おかずに箸《はし》を伸《の》ばしていた手が止まる。

ここ数日間ずっと追いかけて……、いや追いかけさせられていた相手だけに、思わず名前に反応してしまったのだ。でも、次の瞬間《しゅんかん》にはすさまじい悪寒と後悔が僕を襲う。

「へぇ……？　桜川さんが来るとなると、行く気になったのかなぁ……？」

「い、いや違《ちが》う！　これはその」

「その名前って、この前のラブレターの時に出てたやつでしょ⁉　やっぱりあれはお兄ちゃんのだったのか！　死ね！　いや殺す！」

すぐさまいきり立った秋穂が、フォークを逆手に持って立ち上がる。

それはやめろ！　マジで洒落《しゃれ》にならないから！

その後も色々とあったけど、最後はいつも通り僕が土下座をして事なきを得た。

色々の内容は聞かれたくないし、言いたくもないし、思い出すのも恐《おそ》ろしいのでもう記《き》憶《おく》から消しました。悪しからず。

「じゃあ咲也ちゃんも参加ね。あと男子のお友達を連れて来てもらえる？」

「一人あてがあるから声をかけてみるよ。あと、ついでにもう一人いいかな……？」

その……、女子なんだけど。

僕がそう言った瞬間、室内の温度が急激に下がった。……気がした。

「へぇ？　女子ねぇ……」

「お兄ちゃん……？　まだお仕置きが足りないのかな……？」

「い、いや待て！　話を聞いてくれ！　そういうのじゃないんだよ！　本当に！」

「じゃあどういうわけなのかな？　お兄ちゃんに女子の友達なんていないはずでしょ？」

「そう言えば咲也ちゃん。最近学校からの帰りが遅《おそ》いみたいだけど、なんでも部活に入ったんですって？　よくわからない名前の文化部だったような気がするけど、確か部員は女子しかいなかったはずよね」

な、なんでそんなことまで知ってるんだ！　と思ったけど、顔の広い姉さんのことだから色々と情報が入ってくるのだろう。

二人の視線が痛く冷たい。比喩《ひゆ》表現じゃなく本当にそう感じるからすごい。もし視線に実体があったとしたら、今頃《いまごろ》僕は細切れにでもなっていることだろう。

「さあ、納得のいく説明をしてもらいましょうか？」

「せ、説明も何も、ごく普通に部活に入ってごく普通に活動してるだけだよ！　そこでたまたま知り合った女子がいたから、一緒にどうかなーって思っただけで……」

「それは、どうしてわざわざその女子をお茶会に誘うのかっていう答えになってないわ」

「そーだよ！　そもそも女子と知り合ったってところからしてムカつくんですけど！」

そんな根本的なところにムカつかれても困る！

とは言え、道理が通じる九条《くじょう》姉妹じゃない。先輩《せんぱい》と美月《みづき》との距離《きょり》を縮めるには絶好の機会だから、と説明できればいいのだけれど、それだと美月の想いを他言してしまう。

さすがにそれはできない。ここは何とか誤魔化《ごまか》しつつ切り抜けないと！

「えーと……、そうだ！　その子はちょっと性格が控《ひか》えめなところがあって人前に出るのが苦手なんだよ。だからお茶会で少しでも慣れればと思って――」

「――思って、咲也ちゃんがその子の世話を焼こうっていうの？」

「へぇー？　どうしてそんなにお兄ちゃんが気にかけるの？」

あれ？　なんだか話の方向性がおかしいような……？

「ど、どうしてって、そりゃ知り合いが困ってたら何とかしてあげようと思うのは自然じゃないでしょうか……」

「まあ、一般的《いっぱん》にはそうかもしれないわね」

「でもお兄ちゃんに限ってはそんなの不自然すぎ！　女子だけの部活に入ってそこで知り合った女子の悩《なや》みを聞いてあげて、しかも世話まで焼くなんて！　今までのお兄ちゃんの行動原理から推測しても無理があるとわたしは見たね！　絶対に何か裏があるよ！」

なんだその断定的な言い方は！　まあ当たってるんだけどさ！

ダメだ、こんなことではとても説《と》き伏《ふ》せられそうにない。

姉さんはニヤニヤと余裕《よゆう》のある笑みを浮《う》かべているし、秋穂は片手でフォークをもてあそびながらこっちを睨《にら》んでいる。デンジャラスな雰囲気《ふんいき》がひしひしと伝わってくる。

「い、いや、僕だってたまにはこういうこともあるよ？」

苦しい言い訳なのはわかってるけど、ここで踏《ふ》ん張らないと後がない。

「ねえ咲也ちゃん。そもそも性格が控えめな女子っていうところから無理があると思うのよ。そういった子と咲也ちゃんが知り合うってところがまずあり得ないことじゃない？」

「それにどうしてそんな部活に入ろうなんて思ったの？　部活なんて入ったらわたしと過ごす時間が減るじゃん！」

一方は論理的に、一方は感情的に僕を追い詰《つ》める。もちろん、本当のことを伏せた上でその二つに納得のいく回答ができるはずもない。僕自身、腑《ふ》に落ちない説明をしていることは自覚しているんだ。妙《みょう》に鋭《するど》いこの姉妹が、そこを見逃《みのが》すはずもない。

いよいよ答えに詰まった僕は、冷《ひ》や汗《あせ》を流しながら押し黙《だま》るしかなかった。そんな気配を察したのか、二人は軽く目配せして頷《うなず》き合う。

「お兄ちゃん」

「な、何かな」

「そろそろ本当のことを白状しちゃいなよ。今回ばかりはさすがに見過ごせないし」

「ちょっとやそっとのことならいいけど、女の子がらみとなると放っておくわけにはいかないわね。咲也ちゃんに悪い虫でもつくようなら、対処しないといけないから」

ねえ秋穂？　ねえお姉ちゃん？

お互《たが》い薄《うす》い笑顔のまま、そんな会話を僕の目の前で展開している。さっきから悪寒がすごい。手足の震《ふる》えは止まらないし、目眩《めまい》まで感じるほどだ。

ヤバイ。マズイ。洒落にならない。

頭の中でまだかろうじて正気を保っている部分が、すごい勢いで危険を知らせる。これはもうなんとか誤魔化してなんてレベルじゃなく、早く二人の怒《いか》りを鎮《しず》めないと取り返しの付かないことになると、僕の今までの人生経験が告げている。

二人の背後にどす黒いオーラが見えた時点で、僕はついに観念した。

美月とのことは、これ以上隠《かく》し通すことができない。下手に隠し続けると、それこそ秘密を胸に抱《かか》えたまま冷たいお墓の下へ直行しそうな勢いだからだ。

姉さん達はあのラブレターの一件もあって、前提はとりあえず知っているはずだから、きっとわかってくれるだろう。と言うか、わかってもらわないと僕の命が危ない。

僕は心の中で美月に許《ゆる》しを請《こ》いつつ、目の前に立ちはだかる鬼女《きじょ》二人に誠心誠意、どこまでも慇懃《いんぎん》な態度で事情を説明した。

「ふーん。で、その人の恋《こい》を手伝ってるってわけ？　でもよくそんなことする気になったねお兄ちゃん。女の人が苦手なんじゃなかったっけ？」

お前達のおかげでな、と心の中で悪態をついておく。

実際にはできません。チキンでもなんでもいいから命は惜《お》しい。

「あの部の連中は、何だか個性が強すぎて、そんなこと考える暇《ひま》もなかったよ……」

「桜川さんが好きな淡路《あわじ》さんという子に、咲也ちゃんが協力しようと思った理由は？」

脅《おど》かされているから、です。しかもロクでもない理由で。

って言うか、そもそもその脅迫《きょうはく》の材料は姉さんの弟イジメに端《たん》を発しているわけなんですが……、いや、今更《いまさら》だ。

「乗りかかった船だし、何ていうか危なっかしいと言うか、一人にしておくと何をしでかすかわからないから仕方なく、かな」

「守ってあげたくなるということ？」

「守るは守るでも、お守りに近いけどね……」

何だか自分で言ってて空《むな》しくなってくる。いつの間にか保護者みたいな立ち位置になってしまっているのが不本意だ。

「ったくこれだからお兄ちゃんは……。どうするお姉ちゃん？　またやっちゃう？」

「おい待て、何をだ何を！」

「天然ジゴロの罪。女性を無闇《むやみ》にたぶらかす罪。妹を満足させない罪。お兄ちゃんは生まれながらの悪人なんだよ。だから罰《ばつ》を受けないと」

どれもこれも身に覚えがない冤罪《えんざい》だ！　と言うか最後の一つは明らかにおかしいだろ！

「まあ待ちなさい秋穂。今回は大目に見てあげましょう」

姉さんのその言葉に、僕は思わず秋穂と顔を見合わせる。

僕にとってはありがたい裁定だけど、いつもと違うその反応は意外すぎた。

「どうしちゃったの？　今日はえらくお兄ちゃんの肩《かた》を持つじゃん」

「そうかしら？　私は咲也ちゃんの意思を尊重するから、ちょっとのことで目くじらを立てたりはしないわ」

ああ、今日の姉さんはなんて優しいんだ。普段なら秋穂と一緒《いっしょ》に飛び掛《か》かってくる場面なのに、ついに長年の行動が弟のトラウマになっていると理解してくれたのだろうか。

「それに縛《しば》り付けておくだけじゃダメよ秋穂。たまには泳がせて、最後の最後に捕《つか》まえてればいいの。それに弱みを握《にぎ》っておけば、操縦もしやすくなるでしょ？」

「くそー……、お姉ちゃん大人だなー」

やっぱりいつもの姉さんでした！　わかってたよちくしょう！

やけくそ気味に夕飯を食べながらも、お茶会のことについてはしっかりと記憶しておく。

桜川先輩も来るとなれば、当然美月にとって有益だろう。それに、新入生との交流を目的としてるなら願ったりかなったりだ。明日《あした》、早速美月に教えてやろう。

▼

「でかしたわ咲也……！　お茶会なんてイベントがあるとは思わなかった……。こうなったらその場で一発逆転するしかない！」

翌日、部室でお茶会の事を美月に告げると、盛大に食いついてきた。背景にオーラが見えそうなほど気合いが入っている。

「でもなあ、今のままじゃ結局上手くいかないままなんじゃないか？」

先日のラウンジでの一件を思い浮かべると暗澹《あんたん》たる気持ちにしかならない。まともに接することもできない状態でお茶会になんて挑《いど》んだら、どんな悲惨《ひさん》な結果になるか。

「む……、一理あるわね」

「一理どころか今直面してる問題のほぼ全てだと思うけどな！」

「でも、私もただ手をこまねいていただけじゃないわ。対策を立てた！　ね、真由香《まゆか》？」

「ま、思いつきだけどねー」

燃えている美月とは対照的に、いつも通りテキトーな感じで岸里《きしのさと》が答える。

対策と聞いて感心したけど、早くも不安になってきた。

「……で、その対策って？」

「簡単なことさー。美月は部室以外ではお嬢様《じょうさま》な演技してるでしょ？　それも元々は桜川先輩のためにやってたことなんだから、そのモードで接すれば意外といけるんじゃない？　素の自分を出さないように最初から挑めば、ちょっとはマシになるかもよ」

……そういう理屈《りくつ》は果たして成り立つんだろうか？

でも、言われてみればひょっとして、と思えなくもない。

「美月はできそうなのか？」

「できるできないじゃなくて、やるしかないのよ！　だから……、こうやっていつでも準備ができるようにしませんとね」

いきなりお嬢様モードに変わった美月が柔和《にゅうわ》に笑う。

だけど、本性を知ってしまった僕としては、はっきり言ってこの姿は不自然にしか感じられない。実際教室で話しかけられたら違和感《いわかん》が半端《はんぱ》じゃなかったし。

「ふう……っと、やっぱここでやるとマヌケっぽいから止《や》めとく」

「うん、そうしてくれ。なんか落ち着かないし……」

「それはそうと咲也、あんた他の男子も連れて来るように言われてるんでしょ？　誰《だれ》に声をかけるつもりなのよ」

「壮次郎《そうじろう》……、えっと、同じクラスの中津《なかつ》を誘《さそ》うつもりだけど」

「……ああ、あいつね。まあいいわ。とにかく私の邪魔《じゃま》をするようなことだけはさせないでよね！　桜川先輩《せんぱい》に言い寄ったりしたら〆《しめ》る！」

目がマジだ……。

でも、リルルさん一筋の壮次郎に関しては、万に一つもそんな心配はいらないだろう。

「桜川先輩は美という光をこの世にもたらす太陽神さながらの存在だからね。そこら辺から正体不明な羽虫がわらわらやって来てまとわりつくような事態は警戒《けいかい》しないと！」

「先輩は誘蛾灯《ゆうがとう》か何かか……」

いや、美月という化《ば》け猫《ねこ》を引き寄せている分、性質的にはまたたびのような……。

「痛っ！　な、何するんだよ！」

「今なんか失礼なこと考えてた」

いきなり頬《ほお》をつねられた。なんでこういう勘《かん》だけは鋭いんだ。

「はいはい、そんなことよりもうすぐ五時になっちゃうよい。今日は先輩、生徒会の日なんでしょ？　さっさとしないとお嬢様モードを試す機会が帰っちゃうぞー」

岸里のその一言で、僕達は我に返る。時計を見ると、確かにあと数分しかない。

「おっと、急ごう。気合い入れておけよ」

「わ、わかってるわよ！」

で、生徒会室前廊下《ろうか》にやって来た。今回はハンカチ作戦の時のように往復したりはしない。偶然《ぐうぜん》通りかかった風を装って挨拶《あいさつ》を交わす、それだけだ。

「そろそろだけど、行けそうか？」

「大丈夫《だいじょうぶ》ですよ。心配しないでください」

美月はもう既《すで》にモードチェンジしてスタンバっていた。頼《たの》もしい限りだ。

扉《とびら》が開く音がして、桜川先輩が出てくるのが見えた。僕達は不自然さがないように気をつけながら、ゆっくりと廊下を歩き近寄る。

「あら、九条くん。それと淡路さんも。こんにちは。こんな時間に残っているのは部活か何かですか？」

「ええ、今はちょうど帰るところです」

「こんにちは先輩。玄関《げんかん》までご一緒してもよろしいですか？」

おお……！　美月が先輩と自然に話せている！

自分の子供の成長を見た時の嬉《うれ》しさとはこういうものなのだろうか。

何だか感動して胸が熱くなってきた。

「ええ、もちろん。こちらからお願いしたいくらいです」

「ありがとうございます。では行きましょうか」

赤面して目を回していたいつもの姿がウソのように、今は自然に振《ふ》る舞《ま》えている。

まさかお嬢様の演技をしながら接するだけでここまで効果があるとは思わなかった。先輩に相応《ふさわ》しい女性を演じようとする心が、緊張《きんちょう》で爆発《ばくはつ》しそうな心を舞台裏《ぶたいうら》まで押し込んでいるのだろうか。具体的なメカニズムはわからないけど、とにかく大成功には違《ちが》いない。

「そう言えば、九条くんは今度開催《かいさい》するお茶会に出席していただけると聞きましたが」

「ええ、私も参加させていただきますので、その時はよろしくお願いしますね」

「そうなのですか……。こちらこそお願いします。なんだか楽しみになってきました」

二人とも笑みをたたえながら、穏《おだ》やかな会話を続けている。そこには既に、僕が割って入る必要はなかった。これでようやくこの役目から解放されるのかと思うと、ほっと安堵《あんど》のため息が漏《も》れる。

「今年は男子が入学してきたのでお茶会にも数名いらっしゃると聞きましたが、他の方については、九条くんは何かご存じですか？」

いきなり先輩が振り向いて声をかけてきたので、油断していたからか、少し焦《あせ》る。

「あ、はい、友達に声をかけてみます。変わってるけど、良いやつですよ」

「……九条くんのお友達は……やっぱり男子生徒、なのでしょうね」

……？　どうしてそんな当たり前のことを、わざわざ確認するように言うのだろう。

やっぱり共学になったばかりで、上級生はまだ慣れていないのだろうか。

「九条くん、大丈夫ですか？　そのお友達と上手くお付き合いできていますか？　何か不都合があったりはしませんか？」

「ふ、不都合⁉　いや、そんなことは特にありませんけど……」

なんだなんだ？　先輩の質問の意図がわからない。

心の底から心配そうに尋《たず》ねる先輩は、僕の答えにも「そうですか……」と不安そうに俯《うつむ》くだけだった。この反応は、一体どういうことなんだろうか。

ふと見ると、美月がお嬢様の仮面の上からでもはっきりとわかるほどムッとした顔つきでこちらを睨《にら》んでいた。自分を無視して先輩と話していたことが気に入らないのだろう。

「……やっぱり先輩も、男子が入学してきたことが心配なんでしょうか？」

「え？　いえ、そういうわけでは……」

「いーえ！　どうして共学なんかにしたのか、私も理解不能です。由緒《ゆいしょ》正しい女学校には全く相応しいと思えません！」

おい、ちょっと演技が崩《くず》れかけているぞ！　しかも男である僕を前に好き勝手言ってくれているし、単なる八つ当たりじゃないか。

先輩は美月の言葉に苦笑するだけで、特に何も言わなかった。その後は美月も落ち着いたのか、お嬢様モードのまま穏やかに会話を進めていた。

危なっかしい場面もあったけど、特に何事もなく玄関までやって来た。美月と先輩との会話も特に問題なく進んでいて、いよいよもう何の心配もないかのように見えた。

「ということは、淡路さんも犬がお好きなんですか？」

「はい。でも家はお父さんがいにゅ嫌《ぎら》いで飼えにゃいんです」

……………ん？　あれ？　今、確か……。

「それは残念ですね。私も犬が好きで飼っているんです。ゴールデンレトリバーで名前はマロンって言うんです」

「しょ、しょうにゃんですかー。う、うらにゃにゃしいですね！」

今度は聞き間違いじゃない！

ヤバイ。ヤバイぞこれは！　どうなっているんだ⁉

美月を見ると、いつの間にか顔が真っ赤で目が泳いでいる。これは、いつも通りの暴走状態に入りかけているところだった。

「あら……、淡路さん？　どうかなさいましたか？」

「い、いえいえどうもにゃいでふにゃ」

「ちょ、ちょっと失礼します！」

僕は慌《あわ》てて美月の手を引っ張り、先輩から遠ざける。そのまま廊下の端《はし》まで行って美月に声をかけるが、反応が無い。

「えへへ……、先輩と一緒に……、えへ、えへへへへ」

「だ、大丈夫だと思ってたら、制限時間があったのか……！」

美月は完全にトリップしてしまっており、頬を軽く叩《たた》いてもこっちの世界には戻《もど》ってこない。もしかしたら先輩とまともに話せた嬉《うれ》しさで、今頃《いまごろ》意識は天上にでも舞《ま》っているのかもしれない。

それにしても、生徒会室前から玄関までの約三分で効果が切れてしまうとは……。

お前はどこの変身ヒーローだよってつっこみたくもなるけど、肝心《かんじん》のボケ担当がこの調子だと意味がなかった。

「あの、淡路さん、どうかなさいました？　お身体《からだ》の具合でも悪いのですか？」

「だ、大丈夫です！　それより僕達、ちょっと部室に忘れ物をしたみたいで取りに戻りますから！　それではさようなら！」

玄関から気遣《きづか》いの声をかけてくれた先輩に申し訳ないと思いつつ、ここは戦略的撤退《てったい》を試みるしかないと判断し、急いでその場を離脱《りだつ》した。美月は妄想《もうそう》の世界で先輩とお話し中らしく、走りながらもえへへとだらしない笑みを浮《う》かべたままだ。

「くそっ……！　せっかくもうお役御免《ごめん》だと思ったのに！」

結局最後はこうやってフォローするのが僕の運命なのか。いや、でも途中《とちゅう》までは上手くいっていたんだから、運用さえ気をつければこのモードでもいけるはずだ！

僕は美月の手を引っ張りつつ、とても恋《こい》に悩《なや》む女の子の手伝いをしているのだとは思えないようなことを考えて、次のお茶会に挑《いど》む決意を固めるのだった。

④お嬢様《じょうさま》演技作戦（突発《とっぱつ》）……成功。ただし運用に制限あり。

▼

あれから色々ありながらも何とか対策を固めた僕達は、ついにお茶会当日を迎《むか》えた。

日曜日なのに制服を着て学校に来るのは何だか変な気分だけど、今はそれどころではない緊張感《きんちょうかん》に包まれている。僕達は開催時刻より少し早めに来て、部室に集合した。

「よし。じゃあ、今から最後の確認をしよう」

「オーケー。シミュレーションは飽《あ》きるほど繰《く》り返したわ。ぬかりはない……！」

これから行くのがお茶会なのか戦場なのか、いまいちよくわからない会話だったけど、重要な局面という意味では同じことだ。自然と僕達の声にも力が入る。

「まず基本的に美月はお嬢様モードで行動する。他の生徒もいるしな。これはいつもやってることだから問題はないだろう」

「ただ、先輩の前では一定時間でモード継続《けいぞく》が困難になる」

「そう。計測した結果、モード維持《いじ》はやっぱり三分が限度だろう。必ず三分経《た》つ前に離脱するんだ。再度制限区域に侵入《しんにゅう》するまでには約五分の冷却《れいきゃく》期間が必要なことも忘れるな。一度でも暴走したら、それで全てが終わり。僕のフォローにも限界があるからな」

「わかってる。この日のために体内時計も調整してきたわ」

よし、ここまで来たらあとは進むだけだ。

我《われ》ながら、どこの子供向けロボットアニメのノリだよと言いたくもなるけど、やってることは真剣《しんけん》そのものだ。

このお茶会で、一気に美月と桜川先輩の仲を進展させる。

目的は幾《いく》つかある。最低限達成しないといけないのは先輩の携帯《けいたい》番号とメールアドレスを確保すること。ついでに、美月が名前で呼んでもらえるようになればさらにいいだろう。

「ここで進展がなかったらもう絶望的だからな。がんばれよ」

「わかってるわ。私の活躍《かつやく》を草葉《くさば》の陰《かげ》からしっかりと見てなさい！」

「勝手に僕を殺すな！　……っと、そろそろ時間だ。さっき言った通り、僕は壮次郎と合流してから会場に向かうから、美月は先に行っててくれ。くれぐれも気をつけて」

「わかってる。咲也はちょっと心配しすぎよ。大船に乗ったつもりでどーんとかまえてていいからね！　だからほら、さっさと行った行った」

その大船は下手をするとものの三分で沈《しず》むんだけど……、まあいい。

僕は部室を出て、壮次郎との集合場所へと向かう。願わくは、今日という一日が実りある日にならんことを。

……そろそろ、このノリも止《や》めるか……。

「ふーむ、お茶会か……。わざわざ休日に出張ってまで生徒間交流とは殊勝《しゅしょう》なことだな」

「ああ、悪かったよ。わざわざ付き合ってもらってさ」

「うん？　謝る必要などない。観察という意味では、いつもと違う環境《かんきょう》は悪くない。ここで情報を強化しておけば、リルルたんの通う学園でもお茶会が開かれるかもしれない」

「………リルルさんも学生だったんだな……」

さん付けで呼ばないといけないような、妙《みょう》にリアルな存在感があった。

リルルさん、一体どんな女の子なんだろうか……。

「ああ、同じ学校に通えないのは痛恨《つうこん》の極みだが、この痛みは自分の無力感の証《あかし》とわきまえて、これからも精進していくつもりだ」

「壮次郎がこのまま精進していったら、本当に世界は変わるかもしれないな……」

良い方向にかどうかは甚《はなは》だ怪《あや》しいけど……。

そうこうしている内にホールに着いた。中に入ると幾つかのテーブルが見え、その周囲に椅子《いす》が置かれている。既《すで》にほとんどの席が埋《う》まっており、どうやら僕達が最後らしい。

そのためか、ホールに入った瞬間《しゅんかん》に一斉《いっせい》に視線が集まるのを感じた。正直なところ、かなり居《い》心地《ごこち》が悪い気分だったので、もっと早めに来ればよかったと後悔《こうかい》する。

「遅《おそ》いわよ咲也。あなた達で最後なんだから、早く席に着きなさい」

姉さんがやって来て、空いている席に案内してくれた。さすがに学校では家でやっているみたいにちゃん付けでは呼ばないしセクハラもない。最低限のＴＰＯはわきまえているらしいけど、その分反動として家での行動が激しくなる傾向《けいこう》にあるので、なるべく外では会いたくなかった。でも、今回ばかりは仕方がない。

案内されたテーブルには美月もいた。しっかりとお嬢様《じょうさま》モードになっていて、ちらりと横目でこちらを見た以外は特に何の反応も示さなかった。だけどそれでいい。役になりきることが重要だから。

「それでは皆《みな》さんがそろったので、毎年恒例《こうれい》になっている春の交流会を開催したいと思います。今年から共学になり、新たに男子生徒も入学してきました。しかし男女の区別なく、同じ学校の生徒として意義のある時間を過ごすため、例年と同じく上級生が主体となって交流を深めていきたいと思います。それでは皆さんで楽しい時間を過ごしましょう」

司会役の姉さんの挨拶《あいさつ》は拍手《はくしゅ》で迎えられ、そしてついに交流会が始まった。

各テーブルでは最上級生である三年の生徒が、各々にお茶を入れていく。後はただそれを飲みながら話をして、一定時間ごとに席替《せきが》えを繰り返すのだそうだ。ちなみに途中で自主的に席を替えるのも自由で、そのために椅子は人数分＋αが用意されていた。このルールがなければ、美月のお嬢様モードは冷却期間を得られず成立していなかっただろう。

最初は皆緊張《みんなきんちょう》して口数も少なかったけれど、そこは上級生から質問する形で徐々《じょじょ》に場をほぐしていく。特に僕のテーブルには姉さんがいるので、自然に僕と姉さんの話題が中心となり、会話が進んでいくこととなった。

「ほう、では咲也は母親似なのですか」

「そうなのよ。だから凄《すご》く綺麗《きれい》でしょ？　小さい頃《ころ》は九条さんちの三姉妹って言われてそれはもう評判だったのよ」

「ね、姉さん……。そういう話題はあんまり人前で話さない方が……」

「どうして？　すごく良いことじゃない」

「諦《あきら》めろ咲也。もって生まれた運命を変えることなどできん。お前の容姿がある意味で女性よりも女性っぽいのはもはや揺《ゆ》るぎない事実だ」

僕にとって屈辱《くつじょく》の歴史というか、トラウマを嬉々《きき》として話す姉さんと、それを歯に衣着せぬ物言いでズバズバと補強していく壮次郎。この凶悪《きょうあく》なコンボによって今いるテーブルは、僕の精神力と引き換《か》えにどんどんと会話が盛り上がっていくのだった。

見ると、美月は静かにお茶を飲みながらも、どことなく楽しそうに笑っている。席替えで桜川先輩《せんぱい》と同じテーブルになるまではリラックスしているべきなので、その姿を見た僕は安心した。

「小学校の学芸会では、白雪姫《ひめ》のお姫様役を咲也ちゃんがやって大盛り上がりだったし。あ、その時の写真もあるわよ」

「ストップ！　さすがにそれはストップ！」

なんて考えていると、いつの間にか僕のトラウマ倉庫大開帳大会が始まっていた！

姉さんは大勢に僕の恥《は》ずかしい過去を暴露《ばくろ》するのが楽しくて仕方がないのか、ますます饒舌《じょうぜつ》になっているし。って言うかいつの間にか呼び方が咲也ちゃんになってるし！

ＴＰＯも何もあったもんじゃない。美月よりも、先に僕の神経がずたぼろになってノックアウトされる可能性の方が高いかもしれないですよ……？

永遠とも思える茨《いばら》の道のような時間だったけど、それもいつかは過ぎ去り、何度目かの席替えが終わった頃だった。

ついに美月が桜川先輩と同じテーブルに着く時がやってきたのだ。

思えば今回のイベントはこの瞬間のためだけにあったと言っても過言じゃない。綿密に立てた計画も全てはこのためだ。

ここが正念場だと、僕は心の中で美月に向かってエールを送る。

ちなみに僕は別のテーブルにいるため直接のフォローはできない。美月のスタンドアローンでの行動能力がダイレクトに試されるのだ。

「ん？　どうした咲也。何か気になることでもあるのか？」

美月のいるテーブルをじっと見つめていた僕に、壮次郎が怪訝《けげん》そうに尋《たず》ねる。

怪しまれて妙な詮索《せんさく》をされてもまずいので、僕は慌《あわ》てて誤魔化《ごまか》し、自分のテーブルへと向き直った。でもやっぱりどうしても気になるので、ちらちらと盗《ぬす》み見をしてしまう。

席が離《はな》れているため、美月達のテーブルの声は聞こえない。

状況《じょうきょう》は、仕草や雰囲気《ふんいき》からだけで読み取らなければいけなかった。もどかしい作業だけど、これはどうしようもない。

あ、美月が桜川先輩と話している。だけどさすがにお嬢様モード。特に支障はないようだ。でもあんまり長時間話し続けると……っと、会話を切り上げてお茶を飲み始めた。ちゃんと冷却期間を作れているらしい。

「……咲也？　どうした。さっきから上の空だが」

「え？　あ、ああ悪い。何でもないよ」

壮次郎に話しかけられて、はっと我に返る。

美月の観察に集中しすぎて、僕自身の方がおざなりになっていたようだ。あまり不自然な行動は取るべきではないので、意識をこっちに持ってくる。

でも、少し会話をしているとまた美月の方が気になって、どうしても目をそちらに向けてしまう。あいつの危なっかしさはもう十分すぎるほど知ってしまったので、そのことがどうしても意識を引っ張ってしまうようだ。

お？　スマホを取り出しているけど……、まさか、先輩の携帯番号をゲットすることに成功したのだろうか？　美月の顔はお嬢様モードの上からでも喜びに染まっているのがわかる。これはつまり、上手くいったということなんだな！

だけど待てよ。このことで興奮してしまって制限時間が早く来てしまうんじゃないか？

だとしたらまずい。嬉《うれ》しいのはわかるけどここは早めに先輩との会話を切り上げて……、おお！　美月が席を立って、部屋の隅《すみ》に置かれているお菓子《かし》のところへ行った⁉　これはおそらく冷却期間確保のためお菓子を取ってくるとでも言って抜《ぬ》け出したのだろう。

上手いやり方だ。どうやら美月は完全に、対桜川先輩用のお嬢様モードを使いこなしているようだ。

「おい咲也、さっきからどうしたというのだ？　質問されているのに上の空というのは先方に失礼ではないか」

「あ、ああ悪かった」

再度壮次郎に言われて、僕は意識を戻《もど》した。

これからは自分のテーブルに集中するとしよう。美月の方はもう大丈夫《だいじょうぶ》だ。既に今回のお茶会における最大の目的は達成したようだし、もう心配はない。あれだけ上手にコントロールできているなら、僕がハラハラしながら見守る必要はないというものだ。

僕は重荷を下ろしたような晴れ晴れとした気分で、自分のテーブルに帰る。今は姉さんもおらず、トラウマには抵触《ていしょく》しない場だ。これで思う存分お茶会を満喫《まんきつ》──しようと思って初めて気がついた。

ここ、当たり前だけど壮次郎以外全員女子じゃないか！

美月に集中している間は上の空。姉さんがいると暴挙を止めるために四苦八苦し、そうでなくとも女子に囲まれて気を抜くこともできない。何にせよ、僕がこのお茶会を楽しめる道理はなかったんだ。

女性に関しては、どんな時でも損を被《こうむ》るのが僕の運命らしく、その後も対応には苦労した。壮次郎がフォローしてくれなかったら気分が悪くなってリタイアしていたかもしれない。なんだか美月と状況が逆転したみたいで情けないなぁ……。

そうして苦しい時間も終わりに近づいた頃、最後の席替えが行われた。

僕のテーブルにいる見知った顔は、姉さんと桜川先輩だけ。

「こんにちは。やっと同じテーブルになれましたね」

隣《となり》の席に座った桜川先輩がにこやかに話しかけてきた。なんだかいつもより笑顔が輝《かがや》いているように見えるのは気のせいか。

「あ、どうも……」

「実は心待ちにしてました。九条くんと同じ席になるの」

僕の素っ気ない返事を気にした風もなく、先輩はそう続ける。どうしてか、いつもより距離《きょり》が近い。言葉の端々《はしばし》がどこか砕《くだ》けているようにも感じる。

「あ、あの——……、それはまたどうして僕なんか……」

「……やっぱり覚えていないんですね」

一瞬《いっしゅん》、悲しげに表情が曇《くも》った。が、すぐにまた笑顔に戻ると、楽しみを待ちきれない少女のような純粋《じゅんすい》さで「えへへ」と笑った。

戸惑《とまど》う。凄く戸惑う。

僕の知っている桜川先輩のキャラではなかった。もっとこう、一歳しか違《ちが》わないはずなのにまるで大人のように感じさせるあの雰囲気が、今はまるでない。それに、覚えていないってどういうことだろう？　もちろんそれは僕に対して向けられた言葉なわけで……。

「さっちゃん……って言ったら、思い出してくれるかな」

「さ、さっちゃん⁉」

「そう。九条さんちのさっちゃん。私はずっとそう呼んでましたよ？」

ずっ、とそう呼んでまし、た……？

過去。過去形。子供の頃のお話。

そしてさっちゃんという、今となっては到底《とうてい》受け入れがたい呼び方。

ちくりと、何かが頭の隅を刺激《しげき》する。何かを思い出しそうなもどかしさ。

「……やっぱり、そうだったのね。桜川さん」

「九条先輩。すみませんでした。まさか九条くんが、あのさっちゃんだなんてすぐには信じられなかったから」

姉さんと先輩との会話が、急に僕の記憶《きおく》の扉《とびら》を開いた。

昔。そう、ずっと昔に、確かに僕はさっちゃんと呼ばれていたことがある。

そしてあれは、確か――

「もう、咲也ちゃんったらまだ思い出さないの？　昔はずっと遊んでもらってたのに」

「……………思い出した」

ぼんやりと、だけど、確かに思い出した。

小学校低学年の時。自分と同じくらいの年齢《ねんれい》の少女がお隣に住んでいて、よく一緒《いっしょ》に遊んでいた記憶がある。そしてその時の僕の呼び名が――

「さっちゃん……。久しぶりだね」

「しず姉ちゃん……だったっけ」

僕が記憶の底から浮《う》かんできた名前を口にすると、先輩の顔は花が咲《さ》いたような笑顔になった。

「やっと思い出してくれたんだね。とっても嬉しい……！　まさかこんな場所で、こんな形で再会できるとは思ってなかったから」

確かに、意外と言えば意外なことに違いはなかった。でも、大きな衝撃《しょうげき》があったかと言われれば、別にそういうわけでもない。

まさか美月の想い人として追いかけていた先輩が、実は幼馴染《おさななじ》みのお姉ちゃんだったなんて、世間は随分狭《ずいぶんせま》いものだと思う。再会できたのは嬉しいけれど、でもそれはこんな偶然《ぐうぜん》に出会ったことに対してであり、再会そのものに感動しているわけではなかった。

「本当に、さっちゃんはあの頃から変わってなくて……。だから逆に、そんなまさかって思っちゃって、最初は確信が持てなかった」

心底嬉しそうに話す先輩とは対照的に、僕は困惑《こんわく》気味に「はぁ……」と生返事をするくらいしかできなかった。

なんて薄情《はくじょう》なやつだと誹《そし》りを受けても仕方がない態度に見える。でも、僕にそれほどの感動がないのは、実際のところよく覚えていないからというのが大きい。ぼやけた記憶の中には確かに『しず姉ちゃん』がいるんだけど、その他に何か具体的に思い出すことがあるかと言われれば何もなく、ただ昔はよく一緒に遊んだ、という情報だけがふわふわと漂《ただよ》っている感じだ。

もっとも、それを目の前にいる先輩に言うほど僕はKYじゃない。でも、だからと言って適当に話を合わせることができるほど空気が読めるわけでもなかった。

そんなことを考えている間も、先輩は楽しそうに昔話に花を咲かせる。僕はそれを聞いて思い出すこともあれば、そんなことあったっけ？　と首を傾《かし》げることもしばしばだった。

その温度差にいたたまれなくなって、僕は思わず姉さんの方を見る。

「…………」

無言。いや、不敵な笑みを浮かべての無言。

何か言いたそうな、何か企《たくら》んでそうな、いかにも腹に一物ありそうな、そんな笑顔。

いつもだったらこんな場面では、鬼《おに》の笑顔で殺気を振《ふ》りまき、家に帰って地獄《じごく》周遊といった未来が待っているはずなんだけど、今回ばかりは違っているようで、それがなおさら不気味さを醸《かも》し出す。

「？　どうかしたの、さっちゃん」

「い、いえ……。何でも……」

「もう、せっかく再会したのに、そんな他人行儀《たにんぎょうぎ》な話し方しなくてもいいよ」

……と言われても、この状況は何かオカシイ。

何がどうおかしいのかと言われてもはっきりと答えられないけれど、とにかく何かが決定的にズレているような、そんな違和感《いわかん》がある。ただ一つわかることと言えば、僕がこの状況を打破する手段なんて、何一つ持ち合わせていないということくらいだ。

その後も、僕は姉さんの怪《あや》しい笑みと先輩《せんぱい》の昔話に挟《はさ》まれて精神力をガリガリと削《けず》られる時間を送る羽目になった。お茶会の終了《しゅうりょう》から部室に戻るまでの間の記憶が曖昧《あいまい》なのは、きっと僕の処理能力が限界に達していたからなのだろう。


「ああ……、今日は最高の一日だったわ……」

部室に戻ってきた美月が最初に言った言葉がこれだった。歓喜《かんき》で目尻《めじり》は限界まで下がり、油断したらよだれが垂れてしまいそうなほど口元が緩《ゆる》んでいる。

「……うん、それはよかった」

一方で僕は満身創痍《まんしんそうい》な状態だったので、返事も適当で声は掠《かす》れていた。色んなことが頭の中を駆《か》け回り、逆に思考はほとんど働いていなかった。

「……ちょっと何よ、その気のない返事は！　せっかく私がお茶会を完全無欠にクリアしたってのに！　大戦果を上げたって言うのに！　いいから私の話を聞きなさい！　そして誉《ほ》め讃《たた》えなさい！」

がくがくと襟首《えりくび》を摑《つか》まれて揺《ゆ》すぶられる。まいっている時にこれはキツい。や〜め〜て〜く〜れ〜、と懇願《こんがん》する声にも力が入らなかった。

「……ったく、どうしたってのよ」

「いや、ごめん……。なんか疲《つか》れちゃって………」

とは言え、美月が色々とがんばっていたことも知っているので、さすがに放置しておくのは後が怖《こわ》い。僕は大きく深呼吸して、とりあえず気持ちを切り替《か》える。

「……ところで見てたけど、先輩の連絡先《れんらくさき》、訊《き》けたみたいじゃないか」

「そうよ！　ま、私の手にかかればこれしきのことは造作もないわね！　それに、な、名前で呼んでくれることにもなったし！　み、美月さんって……。えへ、えへへ……」

「そ、それは確かに快挙だな。でもまあ、とりあえずそのよだれを拭《ふ》いてくれ」

別格と言われるほどの整った顔が今はだらしなくゆるんでいる。とてもじゃないけど、クラスの男子には見せられない。

「えへへ……。ほんと、今日は作戦大成功で、先輩との仲も一気に進展して、空は落ち、地は割れ、海は干上がってしまうほど最高の一日だった！」

「その喩《たと》えってプラス方面のものだったのか⁉」

明らかに世界破滅《はめつ》の光景しか目に浮かんでこないんだけど……。

「えへへー！　この調子でいけば、私の想いが遂《と》げられるのも、そう遠い未来じゃなかったりして！　えへ、えへへへへ」

うねうねと身体《からだ》をくねらせて嬉《うれ》しさを全身で表現しているけれど、正直不気味なので普《ふ》通《つう》に喜んで欲しいです、はい。

「ところでさ、先輩が咲也と同じテーブルに行った時、随分《ずいぶん》盛り上がってたみたいだけど、何話してたの？」

ギクッと身体が強張る。

「い、いや……。ただ単に最近何かと接点があるということをだな……。ほら、姉さんも同じ席にいたから、その、まあ、色々と……」

隠《かく》す必要なんてないはずなのに、先輩が実は僕の幼馴染みだったということは、とても美月には言えなかった。

万が一そんなことが知れて、先輩と幼馴染みだなんて羨《うらや》ましいと変な恨《うら》みを買いたくなかったし、それに僕自身、他人にそう言うほどの実感を抱《いだ》いていなかったのだ。

その証拠《しょうこ》に、桜川先輩は今でも『先輩』であり、決して『しず姉ちゃん』ではない。

「ふーん？　でも、九条先輩ってあの時はなんか静かに見てただけのような……」

「そ、そんなことないって！　いや姉さんには全く困るよ！　ははは……」

僕はわざとらしい誤魔化《ごまか》しで、何とかその場を切り抜《ぬ》けようとする。ちなみに、姉さんに困ると言うところだけは掛《か》け値《ね》なしの本音です。

美月はしばらくの間「ふうん？」と首を捻《ひね》っていたけど、やがて再び、お茶会で自分がどれだけ上手くやったかということを嬉々《きき》として語り始めた。

僕はほっとして、美月の話に相槌《あいづち》を打つ。少なくとも、今日という日の最大の目的はそれだったわけで、作戦が大成功に終わったというのは、僕としても嬉しいことだった。

それにこうやって普通に接することが（制限付きとは言え）できるということが判明した今、僕の役目もそろそろ終わりだろうと思うと、肩《かた》が軽くなる気がする。

「…………ねえ、咲也」

一通りの武勇伝を話し終えた美月は、ふと声を落としてそう言った。

急に雰囲気《ふんいき》が変わったので、僕は訝《いぶか》しみながら「……なに？」と答える。

「私さ……、実は気づいちゃったんだよね」

「気づいたって……、何を？」

「先輩のこと！　もしかしたら先輩も、私のことを気にしてるんじゃないかって！」

……は？

思わず素の反応が出そうになったところを慌《あわ》てて押し込める。何を言ってるんだろうかこいつは？　と思いながら凝視《ぎょうし》していると、美月は紅潮した頬《ほお》を隠そうともせず身振《みぶ》り手振りを交えながら熱っぽく語り出すのだった。

「お茶会の時、何度も何度も目が合ったのよね！　これって偶然なんかじゃないわ！　先輩も私の方を見てたのよ！　どうしよう⁉　これってまさか相思相愛？　両思いってやつなんじゃないの⁉」

「あ、うん……」

……何て反応をすればいいんだろう。それは美月がずっと先輩の方を見てたから、その視線に気がついて振り向いていただけじゃないんだろうか。でも、そんな当たり前のことを言ったらひどく気の毒な気配がある。

「まさか本当に両思い？　だったら遠い未来なんかじゃなく、もう一週間後には恋人《こいびと》同士になってたりして⁉　それで休みの日にはポルテのカップル席に座って恋人パフェを食べさせっこしたりなんかしちゃったり！」

「えらく具体的な未来予想図なんだな……」

ちなみにポルテというのは学校の近くにある喫茶店《きっさてん》だ。店の奥の方にはいわゆるカップル席と言われる場所が本当にあって、メニューにもちゃんと恋人パフェなるものがあるらしい。もっとも、それを注文しているカップルなんていないし、それどころかその席に座るとどんな仲の良い間柄《あいだがら》でも三日で別れるという噂《うわさ》がネタにされるレベルだ。

「でも、だとしたらどうして先輩は想いを私に告げてくれないのかな？　私はもういつでもＯＫなのに。もしかして、何か事情があったり……。ねえ咲也、どう思う？」

「どうかと思う」

主にそのたくましすぎる妄想《もうそう》が。

「まあどんな事情があったとしても、両思いなことには変わりないわよね？　だったら立ちはだかる障害だって愛の力で乗り越《こ》えられるに決まってるわ！　だからきっと三日後くらいには、私達は晴れて恋人同士になってるはず！」

「遠い未来から随分と短縮されたな……」

暴走した美月にとって、それくらいの時間的隔《へだ》たりは何の問題でもないらしい。端《はた》で聞いていると、全力で明後日《あさって》の方向へ突《つ》き進んでいるようにしか見えないけど。

「あ、でも待って！　私は考え違《ちが》いをしていたのかもしれない！」

「あ、やっと正気に戻《もど》ったかな」

「ひょっとして奥ゆかしい先輩のことだから、恥《は》ずかしくて自分からは告白できないのかもしれない！」

「戻ってなかった⁉」

それどころかさらに発想が飛躍《ひやく》していた⁉

「実は先輩も、私への想いで日々心を痛めているのよ！　でもそれを口にすることができず、ただ気づいて欲しいと視線を投げかけるだけ……。ああ、申し訳ありません先輩！　私が気づかなかったばっかりに……」

「………」

どうやったらこんな思考回路を持つことができるのだろう。

芝居《しばい》がかった様子で天に向かい己の罪を懺悔《ざんげ》する美月を眺《なが》めながら、僕はもう相槌を打つのさえ面倒《めんどう》な気分だった。

しばらくの間、膝《ひざ》を折って天に祈《いの》りを捧《ささ》げていた美月だったけど、やがてふっと立ち上がると、何かを決意したような顔でこちらを見た。目にはまだ、さっきまでの妄想の炎《ほのお》が消えずに残っているところを見ると、どうせロクでもないことに違いない。

「ねえ咲也。私決めたわ」

「き、決めたって何を……？」

「私、明日《あした》先輩に告白する！」

……………えええええ⁉

僕はその美月の宣言に、返す言葉もなく口を開けて呆然《ぼうぜん》とするしかなかった。

「何よ、その反応は」

「い、いや、だって……、こ、告白⁉　しかも明日⁉」

「善は急げって言うでしょ！　こうしている間にも先輩は私への想いで身を焦《こ》がしているかもしれないのよ！　それを見過ごせって言うの⁉」

妄想がいつの間にか事実として確定している……！

今日の思いがけない進展が、美月の中にある変なスイッチを押してしまったらしい。

「そ、それにしたって明日っていうのは……、いささか急すぎるのでは？」

「今私は最高に波に乗っているわ。このビッグウェーブを逃《のが》す手はない！　それにもう、私だってこれ以上気持ちを抑《おさ》えられそうもないから」

そっと胸元に手をやる美月を見て、僕はハッと思い至った。

美月はずっと先輩のことを想っていて、それは送るつもりもないラブレターを書いてしまうくらいに強くて、それでもずっと話しかけることさえもできなかった。それが今になってようやくできるようになったら、想いが爆発《ばくはつ》しても無理はない。

たとえそれが、妄想からきた誤解に端を発していたとしても、美月の気持ちそのものには、何の嘘偽《うそいつわ》りもないのだから。

「咲也は、さ。その……応援《おうえん》、してくれる？」

また、だ。

また、あのすがるような目。不安そうで、儚《はかな》げで。いつもは傲岸不遜《ごうがんふそん》を地で行っているくせに、こういうときだけは弱々しく助けを求めてくる。

そんなの、手をさしのべないでいられるわけ、ないのに。

「……もちろん、応援するに決まってるだろ。そのために今までこうやってがんばってきたわけだしさ」

「そっか……。そう、よね。そうそう。そうに決まってるわよね！」というわけで、あんたは私を全力で応援しなさい！　家でも手を合わせて念じるのよ！」

「だからといって調子に乗られてもムカつくな……」

どうしてあの殊勝《しゅしょう》な態度をもう少し継続《けいぞく》できないのか……。

「よ――っし！　何だか燃えてきたわ！　明日に向けて万全の準備をするわよ！」

「……準備って、何を？」

「え？　えーと………。こ、心の準備、とか」

……まあ、人はそんなにすぐに変われるわけじゃない、か。

それでもとにかく、美月は明日先輩《せんぱい》に告白すると決めた。なら、脅《おど》されている身の僕としては、できることを最大限手伝うだけだ。

なぜか顔を赤らめながらシャドーボクシングを始めた美月をぼんやりと眺めながら、お茶会の疲《つか》れも相まって、僕は小さくあくびをした。

案の定、目ざとく見つけられて殴《なぐ》られたけど。

▼

「咲也ちゃん、今日はお疲れさま。楽しい会になってよかったわね」

「僕は公開処刑《しょけい》にでも遭《あ》ったような気持ちだったよ……」

「皆《みんな》の前で顔を真っ赤にしてわたわたしてる咲也ちゃん可愛《かわい》すぎ！　あれはもう犯罪レベルね。ちゃんと頭に刻み込んだから、思い出しながらゆっくり味わうとするわ」

「くそー……、いいなぁお姉ちゃん。ねえお兄ちゃん、今度わたしも中学の友達呼んでお茶会するからお兄ちゃんも出てよ」

「絶対にお断りします！」

中学生女子に嬲《なぶ》られるとか、その時点で僕の人生は終了《しゅうりょう》だ。

今現在の時点でもほとんど変わらないだろ、というつっこみは受け付けません。

「それに、咲也ちゃんにとってはちょっとしたサプライズもあったしね？」

「サプライズ？　何それ、お兄ちゃん」

「別に、それほどのことじゃ……。それよりも姉さん、先輩のこと知ってたのか？」

「先輩……ね。ふふ、彼女のことは薄々《うすうす》わかってたけど、確信まではなかったわ。なにせ苗字《みようじ》が昔とは違っていたしね。お隣《となり》さんだった頃《ころ》は、確か北浜《きたはま》だったはず」

そう言えば美月の（ストーカー）情報の中に、母親が再婚《さいこん》して、というのがあった気がする。でも僕が思い出せなかったのはそれ以前の問題だったけど。

「むぅー……。ねぇねぇ！　さっきから二人で何の話してるの⁉　教えてよう！」

一人だけ仲間外れにされていた秋穂が抗議《こうぎ》の声を上げる。姉さんがお茶会でのことを話すと、秋穂はきっと目を怒《いか》らせて、僕ではなく何かを思い出すように虚空《こくう》を睨《にら》んだ。

「思い出した！　あの女か！　い――っつもお兄ちゃんにベタベタしてたやつ！」

「……仮にも先輩に向かってやつ呼ばわりはちょっと……。それにベタベタって……」

いやそもそも、なんで僕より二歳も年下のお前が先輩を覚えているんだ……？

「お兄ちゃんに近づく女、即《すなわ》ちこれ全て妹の敵だよ！　日本妹憲法第一条にちゃんとそうやって書かれてるんだから！」

もしそれが本当なら、僕は起草した人の正気を疑わざるを得ない。

「まあまあ落ち着きなさい秋穂。もちろん私も日本姉憲法の序文に従って、咲也ちゃんに不埒《ふらち》な真似《まね》をする輩《やから》を許すわけにはいかないけれど……」

なんでそんな怪《あや》しい憲法ばかりある⁉　大丈夫《だいじょうぶ》なのかこの国は……。

「でも、今回は大丈夫。何の心配もいらないから。秋穂も安心していなさい」

「どうしてお姉ちゃん、そんなに余裕《よゆう》なの⁉　だってあのベタベタ女がまた現れたんでしょ？　しかもお兄ちゃんと同じ学校！　何か手を打たないとダメじゃん！」

その後に続いた「暗殺とか！」という不適切用語は聞かなかったことにしよう。

「大丈夫。今回は何の危険もないから。ね？」

そう言って、姉さんは僕の方を向いてにこりと笑う。

やっぱりそれは、どこか含《ふく》みのある笑顔だった。加えて姉さんらしからぬ寛大《かんだい》な態度。秋穂じゃないけど、どうしても訝《いぶか》しく思ってしまうのは無理もない。

「む……、むううう！　お姉ちゃんはそう言うけど、やっぱりわたしは納得できない！」

がーっと吠《ほ》える秋穂に、さすがの姉さんも困ったように苦笑する。

ぎらぎらとした目つきで僕を睨んでくる秋穂が猟犬《りょうけん》みたいで怖《こわ》かったので、僕は早々に夕食の後片付けをして自室へと戻った。

ベッドに倒《たお》れ込むと、身体《からだ》が泥《どろ》のように重かった。意識は綿毛のようにふわふわしておぼつかないし、何よりじわりと這《は》い上がってくるような睡魔《すいま》は抗《あらが》い難いほど強力だった。

今日は疲れた。本当に疲れた。なのでさっさと寝《ね》るとしよう。

僕は電気を消して意識を手放し、あっという間に眠《ねむ》りの世界へと落ちた。

違和感《いわかん》に気がついて目が覚めた。

薄《うす》くカーテン越《ご》しに差し込む光は、どうやらいつも起きる時間と大差はないらしい。

もう朝かと思い、どこかしっくり来ないまま身体を起こそうとして——失敗した。

「…………？」

右半身が重い。重いし熱い。そう、まるで何かがしがみついているような……。

「——っ!!」

急速に意識が覚醒《かくせい》する。そのままの勢いで、僕は布団を思いっきりめくった。

「…………にぅ」

いた。いたずら猫《ねこ》がそこにいた。

幸せそうに僕の腕《うで》にしがみついて、寝ぼけながら頬《ほお》ずりしている。えへへーとだらしなく笑う口元からはよだれが容赦《ようしゃ》なく垂れて、シーツにしみを作っていた。

「さ、最近は治まったと思ってたのに……！」

わなわなと震《ふる》える僕など知るはずもなく、猫は脳天気そうに惰眠《だみん》をむさぼる。

もちろん、ひっぺがした。力一杯《ちからいっぱい》。

「にゃ――――!?　にゃにゃにゃ!?」

「あ～き～ほ～！　何してるんだお前は！」

ベッドから転げ落ちて、床《ゆか》で尺取り虫のようになっている秋穂は、まだ夢と現《うつつ》の間《はざま》をさまよっているのか「にゃ……？」と呆《ほう》けた目をして僕を見上げた。

そして、跳《は》ね起きた。

「あ、おはようお兄ちゃん！」

弾《はじ》けんばかりの笑顔。寝起《ねお》き爽快《そうかい》。悪びれ度ゼロ。反省に至ってはマイナスだ。

「おはようじゃない！　僕のベッドで何してんだよ！」

「添《そ》い寝」

当たり前だろそれ以外何があるんだバーロー、と言わんばかりの即答《そくとう》。

思わず僕がこめかみを押さえてしまったのも無理はないと思う。

「……勝手にベッドに入り込むのは禁止だって言っただろ……！」

「……だってさー。またあのベタベタ女が現れたじゃん？　だったらまた狙《ねら》われないように、わたしが先にマーキングって感じでさ……。仕方ないでしょ！　わたしに心配させたお兄ちゃんが悪い！　全面的に悪いー！」

つ、つっこみどころしかない……！

「と、とりあえず……、まずその格好はなんだ」

「ワイシャツ。お兄ちゃんの」

「じゃなくて！　なんでそんなモノを着てるんですかという話だ！」

「えー？　だってお兄ちゃんと一緒《いっしょ》に寝るときはワイシャツがベストって――」

「……それも妹憲法とやらに書いてあるって言うんじゃないだろうな……」

「ううん。これは妹民法第二十三条」

民法まであるなら、是非《ぜひ》この無法猫を妹刑法《けいほう》でしょっぴいていただきたい。

「……咲也ちゃん？　何を朝から騒《さわ》いでるの……」

そしてやって来る新たな火種。ガチャリとドアが開いたかと思うと、姉さんは僕と秋穂を交互《こうご》に見て、すさまじい速さで秋穂を締《し》め上げた。

「お、お姉ちゃん!?　痛い痛い！　ギブ！　ギブ！」

「……抜《ぬ》け駆《が》けはダメだって言ったでしょ……？　秋穂といえど、許されないわ……」

笑顔でサソリ固めを繰《く》り出す姉さんに、秋穂は涙目《なみだめ》で床を叩《たた》く。

朝っぱらから繰り広げられる狂騒《きょうそう》に、僕は睡眠《すいみん》で得たはずの体力がごっそり抜けていくのを感じた。自然と肩《かた》が下がり、ため息が出る。

「シャワー浴びてこよ……」

姉妹喧嘩《げんか》を自室に封印《ふういん》して、僕は風呂場《ふろば》へと向かう。

寝起きからして安寧《あんねい》が存在しない環境《かんきょう》なんて洒落《しゃれ》になってない。もしこんな絶望的な環境を甘受《かんじゅ》している人が他にもいたとしたら、今すぐ是非お友達になりたい。お友達になって傷をなめ合いたい。

その後、案の定シャワー中に姉妹の襲撃《しゅうげき》を受けたけれど、それはもう僕の長い長い黒歴史の中の、ほんの一点の出来事にしか過ぎなかった。

▼

「さて、放課後に先輩を空き教室に呼び出したわ。あとは告白するだけ……って咲也、昨日からあんたずっとボケボケーッとしてるけど、気を抜かないでよね！」

昼休みに部室に呼び出され、今日の告白の最終打ち合わせをしていると、美月は僕の態度が気に入らないとクレームを出した。確かに朝の一件もあって疲れていたけど、ボーッとしてたのはそれだけが理由じゃなかった。

僕は美月に感心していたのだ。ちょっと前までは先輩に話しかけるだけで卒倒《そっとう》していたはずなのに、今はもうテキパキと段取りまでつけてしまっている。

自分の想いを遂《と》げるため、どこまでも真っ直ぐに突《つ》っ走る。

その姿は、小柄《こがら》な少女ながらどことなく頼《たの》もしさまで感じさせるほどだ。

「……いや、ごめん。なんか美月ってすごいなって、考えてた」

「……い、いきなり何言ってんのよ」

顔を赤く染めながら、ぷいっとそっぽを向く姿は、年相応の少女なのに。

「ま、まあ咲也もようやく私の偉大《いだい》さがわかってきたってところね。そういう咲也には私に跪《ひざまず》いて崇拝《すうはい》する権利をあげるわ！」

「その権利を僕が行使することは永遠にないな……」

「じゃあ利権をあげるわ！」

「言葉の意味わかってないだろ！」

僕に何の得があるんだそれは。

「とにかく……、準備はそれで万全なのか？　何か忘れてることとかは」

「あとは気持ちを伝えるだけ。告白なんて、これだけあれば十分でしょ」

……そう言う美月は、ちょっと格好いいと思った。

空回りはしても、ウジウジと悩《なや》むようなことはしない美月の性格がよく表れている。

「そうか……。じゃあ僕の役目ももう終わりかな」

肩の荷が下りることが喜ばしい反面、一抹《いちまつ》の寂《さび》しさを感じる。まるで祭りの終わりが間近に迫《せま》ってきたような、そんな感じ。

「……そのことなんだけどさ、咲也。ちょっとお願いがあるんだけど……」

お願い、という言葉が美月の口から出たのは何気に初めてのことのような気がする。

今までが脅迫《きょうはく》か泣き落としだっただけに、どことなく言葉に重みがあった。

「お願いって？」

「わ、私が告白する時さ……、一緒にいて欲しいんだけど……」

「一緒にって……、まさか僕もその場に!?」

「じゃなくて！　その……、どこか見えない場所で、聞いていて欲しいってこと！」

どうしてそんなことを、と言おうとして気がついた。

気丈《きじょう》に振《ふ》る舞《ま》ってはいるけれど、やっぱり美月は不安なのだ。どれだけ傍若無人《ぼうじゃくぶじん》の傲岸《ごうがん》不遜《ふそん》の唯我独尊《ゆいがどくそん》を気取っていても、好きな人に告白するという一大事に弱気にならないはずがない。いや、むしろ美月だからこそ、困難な恋《こい》をしているからこそ、人一倍心細くなるのは当たり前じゃないか。

美月の恋を応援《おうえん》する。だったら、断る理由なんて欠片《かけら》もない。

「わかったよ。盗《ぬす》み聞きみたいになるけど、絶対に近くにいるよ」

「うん……。咲也が聞いててくれたら、どんな結果でもきっと納得できると思うから」

どんな結果でも……か。

女の子が女の子を好きになる。

その気持ちを先輩《せんぱい》が受け入れてくれるかどうかは、わからない。でも、どうなるかわからないという未来は、既《すで》に美月を遮《さえぎ》る壁《かべ》ではなく、乗り越《こ》えるべきハードルでしかない。

その時、予鈴《よれい》が鳴った。

昼休みももう終わり。後に残ったイベントは、五限と六限とＨＲ――そして放課後。

「じゃ、そういうことだから！　あとは放課後、よろしくね！」

「……うん、がんばってな。僕も草葉《くさば》の陰《かげ》から見守ってるから」

「咲也……、それってお墓の下ってことだよ？　不謹慎《ふきんしん》じゃない？」

「あー、皮肉を真顔で返されるってかなり腹立つんだな！」

てか自分が口走っていたことなのに覚えていないのかこいつは！　無責任と言うより、いい性格をしていると言った方がいいかもしれない。

……ほんと、まったく。

僕達はそんなバカなやり取りをしながら部室を出て教室へと向かった。

あとはただ、突き進むだけだ。

放課後。

教室の中から話し声が聞こえる。

美月が先輩と一緒に入った後、僕は扉《とびら》にもたれながら耳をすませていた。

微《かす》かに朱《しゅ》に染まった夕方の光が、シンと静まりかえった廊下《ろうか》に差し込む中、僕は足下から伸《の》びる自分の影《かげ》を眺《なが》めつつ、意識を教室の中に集中させる。

小さいながらもはっきりと聞こえる美月の声は、最初のあのたどたどしさがウソのように滑《なめ》らかで、楽しそうだった。もしかして、今の美月ならお嬢様《じょうさま》モードになんてならなくても、何の仮面もかぶっていない自分自身で先輩に接することができるかもしれない。

それくらい、昼休みに垣間見《かいまみ》た美月の強さは、僕には印象的だった。

ふと沈黙《ちんもく》が訪れた。教室の外にいる僕にもわかるくらい、空気が変わった。

「今日は、わざわざ来ていただいてすいませんでした。どうしても先輩に伝えたいことがあったんです」

それは、今までとは違《ちが》う、どこか凛《りん》とした声だった。

「伝えたいこと……？　私に、ですか？」

「はい。先輩にこそ伝えないといけないことです」

そこで一度、美月は言葉を切った。

「私達が初めて会った時のこと、先輩は覚えてますか？」

「え？　……ええ、裏庭掃除《そうじ》の時、私を手伝おうとしてくれましたね」

「……そうでしたね。でも本当はそれより前に、学校説明会で先輩の姿を見た時が、私にとっての最初の出会いでした」

――その時見た先輩は輝《かがや》いていました。美しくて穏《おだ》やかで、少しはにかんだような笑顔も透《す》き通った声も、一瞬《いっしゅん》で私の心を摑《つか》んでしまいました。

――私は先輩の姿が忘れられませんでした。気がついたらこの学校を受験してました。他の事は何も考えず、ただひたすら先輩のことだけを想ってました。

――入学したての頃《ころ》は、私は毎日が天国にいるような気分でした。先輩と同じ学校に通えるというだけで、私はもう舞い上がってました。

――でも勇気のない私は、そこから前にはなかなか進めませんでした。先輩の姿を見かけても遠くから眺めるだけで、話しかけるなんてとてもできません。どうすればいいのか毎日悩んで、遠回りで的外れなこともしてきました。

――自分のことなのに、思い通りにならないことばかりで、どうすればいいかわからなくなっていました。出すつもりも勇気もないのに手紙なんて書いて、自分をなぐさめて誤《ご》魔化《まか》して……、ほんと、バカでした私。

「でも、そんな時にあいつ、咲也と出会ったんです！」

「さく……や……？」

「あいつはバカだし女の子みたいな顔してるし鈍感《どんかん》なくせに変なところでは妙《みょう》に鋭《するど》いし、そのわりには一緒にいても楽しいし……、じゃなくて！　と、とにかくバカなヤツなんです！　でも――」


――あいつは私のこと、変じゃないって言ってくれたんです！


「それに、私のことすごいって！　勇気があるって！　そんなこと、自分でも思ったこともなかったのに……、あのバカは私のことを、そう言ってくれたんです！　……嬉《うれ》しかったんです！」

「あ、あの……ちょっと……」

「あいつのおかげで、私は先輩ともお知り合いになれたし、咲也のおかげでこうやって先輩とお話しすることもできるようになったし……！　だから、だから私……？　あれ？なんで私、こんなこと……？　違う！　そうじゃなくて！」

「ちょ、ちょっと待ってください美月さん。あなたは一体……」

再び、少しの間の沈黙。

僕は廊下で息を潜《ひそ》めながら、いつの間にか握《にぎ》った手のひらに汗《あせ》をかいていた。

「…………ずっと言えなかったけど、でも、今なら言える気がします」

「美月さん……、あなたはまさか……」

ごくりと、自分の喉《のど》が鳴る音がはっきりと聞こえた。

「私、桜川先輩のことがずっと――」

――ちょっと待ってください！

「え？」

「…………え？」

美月に一拍遅《いっぱくおく》れて、僕も思わずそう口走っていた。

どうしてそこで先輩が止めるんだ？　まさか、今から言うことを察して先に……。

「美月さん、あなたもしかして……！」

「せ、先輩？　私はふざけた気持ちでこういうことを言うんじゃなくて――」

「私に、もうさっちゃんに近寄るなと言う気なんですね！」

「…………………………はい？」

えーと…………。

今先輩は、何ておっしゃいましたか……？

「や、やっぱりさっちゃんと付き合ってないなんてウソだったんですね!? それで、それで私がさっちゃんの幼馴染《おさななじ》みだって知って、警告を与《あた》えてるんですね!?」

「……え？ さっちゃん？ お、幼馴染み？」

美月は今の状況《じょうきょう》がよくわかっていないらしく、声だけを聞いても呆然《ぼうぜん》としてる様子がはっきりと伝わってくる。

ちなみに、僕も先輩が何を言ってるのか、まるで理解できていない。

「さっき私をあれだけ褒《ほ》めてくれたのも、それでもさっちゃんには自分がいるからということですか！ 優越感《ゆうえつ》ですか！ だから諦《あきら》めろと言うことですか！ さ、咲也だなんてさっちゃんのこと呼び捨てなんかにして！ そんなの全然……、羨《うらや》ましいに決まってるじゃないですか！」

「…………………」

早口でまくし立てる先輩に対して、美月の声が聞こえてこない。

多分頭の回転がついて行っていないため、絶句しているしかないのだろう。その証拠《しょうこ》に、僕も今全く同じ状態に陥《おちい》っているのだから。

「なんですか！　なんなんですか！　せっかく……、せっかく奇跡《きせき》みたいにさっちゃんと再会できたのに！　もう諦めかけていたところを会うことができたのに！　ずっとずっと心の奥底に大切にしまっていた思い出を、ようやくまた取り戻《もど》せたと思ったのに！　どうして⁉　どうしてあなたがそこにいるんですか⁉　どうしてあなたがそんなことを言うんですか⁉　私だって！　私だってさっちゃんのことが大好きなのに！」

「…………好き？」

美月は先輩が好きで、先輩はさっちゃんが好きで……。

あれ？　さっちゃんって誰《だれ》だっけ？

「そうですよ！　子供の頃はさっちゃんとはお隣《となり》同士でずっと一緒《いっしょ》に遊んでたんです！　私はその時からさっちゃんのことが好きだったんですよ！　たとえさっちゃんにどんな事情があったとしても！　たとえ私の一方的な想いだったとしても！　それでも私がさっちゃんを愛してることには変わりはないんです！　でもっ……、私が引っ越して、もう二度と会えないと思ってたんです……！　だから……、だからっ……！」

先輩の悲痛な声は、人気《ひとけ》のない廊下にまで響《ひび》き渡《わた》る。そして、それに反応できる者は誰《だれ》一人としていない。

「だからっ！　私は決して諦めません！　たとえあなたがさっちゃんとお付き合いしていても！　私のさっちゃんへの想いは今も変わりませんから！　警告なんて無駄《むだ》ですからね！　それでは失礼します！」

コツコツと、足音がこちらに近づいてくる。

僕は寸前で我に返り、素早くその場から離《はな》れて隠《かく》れると、次の瞬間《しゅんかん》勢いよく扉が開いて先輩が出てきた。

先輩はいつもの柔和《にゅうわ》な表情ではなく、何かを決意したかのような強い意志を全身にみなぎらせていた。そして背筋を伸ばし、何者にも屈《くっ》しないといった凛とした態度で廊下の向こうへと消えて行った。

沈黙が辺りを包む。

遠くから微かに聞こえてくるかけ声は、運動部か何かのものだろう。それだけが、この静止した世界で唯一《ゆいいつ》動いているもののようにさえ感じるほど、僕は精神的にも肉体的にも一切の活動を停止していた。

でも、やがて僕はこっちの世界に戻ってくると、力の入らない手足を無理矢理動かして、のろのろと動き出した。

足を引きずるようにして、扉が開いたままの教室に入る。恐《おそ》る恐る、入る。

「…………美月？」

無音。人の気配さえも感じないほどの無音。

でも、そこに美月がいるのははっきりとわかっている。夕焼けの空が見える窓の方を向いて立ち尽《つ》くしていて、身動き一つしない。開け放たれた窓から入る暖かな風が、美月の制服をわずかに揺《ゆ》らしている。

近づく。重い足を無理矢理持ち上げて、僕は美月の前方に回り込んだ。

「…………あー……」

そこには、さっきまで美月だった今はただの石像が、夕日に照らされて赤く染まっていた。日の光を真正面から受けても瞬《まばた》き一つしないのだから、人体の不思議というのはなかなかすごい。

「って感心してる場合じゃない……。美月。おーい美月」

返事がない。だからといってただのしかばねでもない。

驚愕《きょうがく》でこれ以上ないというくらい目を見開き、口は半開きのまま閉じられる事なく、指先はおろか髪《かみ》の毛《け》まで寸分たりとも動いていない。

ステータス表示で言うところの石化、もしくは戦闘《せんとう》不能に陥ってしまったようだけど、残念ながら僕は回復アイテムなど何一つ持ち合わせていなかった。

……さて、この置物をどうしたものか、と考えていると、時間経過でようやく回復したのか、わずかに指先が動いている。

「あっ……！　美月⁉　こっちの世界に戻って来られたのか⁉」

「……………っ⁉　はっ……⁉　こ、ここは⁉　先輩《せんぱい》はどこ⁉」

きょろきょろと辺りを忙《せわ》しなく見回しているので、とっくの昔に帰ったとだけ告げた。

「ちょっと気を失ってたみたいね。しかもその間に悪夢を見たわ。あろうことか先輩があんたのことをさっちゃんとかわけのわからない呼び方して、しかも子供の頃からあんたのことがす……す……すすすすすすすすすっ！」

好き、という先輩のセリフが頭に浮《う》かんで、僕は鼓動《こどう》が速くなるのをはっきりと感じた。

しかも頬《ほお》が熱く感じるのは、きっと夕焼けに照らされているからだけじゃない。

「……好きって単語を口にするのがそんなに辛《つら》いのか」

「そう、そのあれだっていう悪夢を見てたわ。全く、夢でもあり得ない話よね！」

「…………残念ながらそれは現実だ。実際に先輩の口から出た――」

「あーあー聞きたくない聞きたくないあーあーあーあー‼」

こ、子供かこいつは！

……でも、美月の気持ちはわかる。

現実を認めたくないという気持ちが、今の僕には痛いほどわかる。

先輩が言い放った言葉。それは美月の心を抉《えぐ》ったと同時に、僕の心も突《つ》き刺《さ》した。

何を言われたか、何を聞いてしまったか、僕は理解している。でもそれはあくまで言葉の上での問題であって、それが何を意味しているかについては、きっと僕はまだ全然飲み込めてなんていないだろう。

先輩は、僕のことが好き。子供の頃《ころ》から、ずっと。

「………………」

ダメだ。何も考えられない。とりあえず、今は美月を何とかしなくてはいけない。

頭を両手で抱《かか》えたまま、ぶんぶんと勢いよく振《ふ》り回している美月。

無理もない。美月は美月で凄《すさ》まじい失恋《しつれん》をした直後だ。想い人に別の人間への恋心《こいごころ》を語られるという最大級の爆発《ばくはつ》に巻き込まれてしまったんだ。この反応も木《こ》っ端《ぱ》微《み》塵《じん》になりそうな心を繋《つな》ぎ止めるための自己防衛本能によるものなのかもしれない。

「ところで咲也」

唐突《とうとつ》に、ぴたりと動きを止めて僕を見る。

「ど、どうした？」

「さっきの話ってさ…………………………、マジ？」

ま、真顔で迫《せま》られるのがこんなに怖《こわ》いなんて……！

とは言え、下手な誤魔化《ごまか》しをしても誰のためにもならないので、僕はこくりと頷《うなず》く。

「あは……、あはは………、あはははははははうわあああああああん!!」

笑いながら泣くという器用なことをしたまま、美月は走って教室から出て行ってしまった。追いかけようとも思ったけれど、声はすぐに遠くなってしまったので、もう間に合うことはないだろう。

あのままだと目立って仕方ないだろうけど、今の美月には気にする余裕《よゆう》などあるはずもない。いやそもそも、もう演技をする必要さえなくなってしまったのだ。

「これから、どうすればいいんだろう……」

僕は呆然としながら、窓から外を眺《なが》める。状況が複雑になりすぎて、何をどうすればいいのかわからなくなってきた。少し前までは夕暮れ時といえば特売の時間だったのに、そんな穏《おだ》やかな生活ももう随分《ずいぶん》と昔のもののように感じる。

美月のこと。

先輩のこと。

そして自分のこと。

今は何も考えられない。全てがこの現実で起こったことと認識できない。いきなり問題が僕に飛び火してきたことが、あまりにも意外すぎたのだ。

盗《ぬす》み聞きとは言え、僕は生涯《しょうがい》で初めて女子から告白されてしまった。

しかも、あんなにも真っ直ぐで、強い言葉に乗った告白を。

頭の芯《しん》がじんじんする。嬉《うれ》しさもないし、不快さもない。ただただ全てが麻痺《まひ》していて、ただただ全てに現実感がなかった。

「でも……、目をそらすことはできない……かな」

口にすると、少しだけ状況の重みを感じられた気がした。でもきっとそれも、麻痺した頭が作り出した錯覚《さっかく》なのだろう。

僕は考えるのを止《や》めて、家路についた。

何をするにも明日《あした》だ。明日、今日よりは落ち着いているだろう美月に会って、状況を整理しないことには、何も前に進まない。きっと僕も、前に進めない。

僕は全ての思考を振り払《はら》うように、走ってはいけないはずの廊下《ろうか》を全力で走って玄関《げんかん》まで抜《ぬ》けた。明日の自分に、今日の出来事を全て押しつけるつもりで。

けれど、その明日からの数日間、美月の姿を学校で見ることはなかった。

5

美月《みづき》が学校に来なくなったまさにその日から、僕を取り巻く環境《かんきょう》は大きく変わった。

その最大にして唯一の要素は、言うまでもなく桜川《さくらがわ》先輩だった。

「おはよう、さっちゃん」

語尾《ごび》に音符《おんぷ》が付いて聞こえそうなほどの上機嫌《じょうきげん》。弾《はじ》けんばかりの笑顔が、妙《みょう》に近い距離《きょり》から繰《く》り出される。それだけで、僕はもう色んな意味でどうしていいかわからなくなるのに、さらにここが校門から入ったばかりの場所で、なおかつ朝の登校時間の真《ま》っ只中《ただなか》だという事実が、一層心に負担を強いる。

周囲の生徒達が遠巻きに眺める中、先輩は気にした風もなく積極的に話しかけてくる。いつも見せているお淑《しと》やかな顔ではなく、年相応の少女らしい、屈託《くったく》のない笑顔を向けて。

「……お、おはようございます」

もちろん僕は、そういった態度が何から来ているのか知っている。

「もう！　敬語なんて使わずに、昔と同じように普通《ふつう》にしゃべってよ」

本人は怒《おこ》っているつもりなのだろうけど、端《はた》から見れば可愛《かわい》げに拗《す》ねているようにしか見えなかった。ぷんすかって感じだ。キャラクターにそぐわないことこの上ない。

「さ、校舎まで一緒《いっしょ》に行きましょ！」

校門から校舎までのわずかな距離を、先輩は嬉しそうに並んで歩く。まるで、それが幼《おさな》馴染《なじ》みとして当然だとでも言わんばかりに。

こういったことが連日続いた。

美月が休んでいる間、ずっとだ。

先輩が何を意図してこういうことをしているか、それはもう明らかだ。でも、僕はそれにどう反応していいかもわからない。ただ流されるように、はっきりとしない返事をしつつ、重い足取りで歩くしかなかった。

思考停止なのは自覚しているし、我《われ》ながら随分情けないことだと思う。

それでも。

それでも、僕はまず最初に美月と話さないといけなかった。

あの時の先輩の告白。あの出来事に一番心を揺さぶられたのは美月だ。そして僕は、脅《おど》されながらもずっと美月に協力してきた。それが、こんな形で宙に浮いてしまっていてはどうすることもできない。

三日経《た》っても美月は現れず、電話もメールも音信不通。

自分だけが、まるで時の流れに取り残されたような心細さ。

それでも、日を追うごとに先輩のアプローチはどんどん強さを増してきて――


そして四日目。

僕はすっかり憔悴《しょうすい》しきって、ついに壮次郎《そうじろう》に相談することに決めた。

「ふむ……。それはまた、難儀《なんぎ》だな」

もちろん実名は伏《ふ》せて説明したけど、勘《かん》のいい壮次郎のことだから察しはついているかもしれない。でも、そんなことはおくびにも出さず相談に乗ってくれるところは、本当に友人としてありがたかった。

「AさんはBさんに片思い。でも実はBさんはCさんが好きだった。一方でCさんはAさんを応援《おうえん》していた……。あまりにも典型的な三角関係だな。こういう綺麗《きれい》なものは正三角関係とでも言うに相応《ふさわ》しいと思うが……どうだ？」

「そこで同意を求められても……」

「いや、CはAが好きなわけではないから、これは二等辺三角関係の方が正しいな。うむ」

自己完結された。名称《めいしょう》の問題はどうでもいいんだけど……。

「しかし、考えてみれば二等辺三角関係でよかったのかもしれないな、そういうのは」

「……どういうこと？」

「つまりだ。お互《たが》いが好き合って正三角関係を形成していたとすれば、これはかなり厄介《やっかい》だと思わないか？ 何せ完全に釣《つ》り合っているわけだから、外部からの衝撃《しょうげき》でもない限りそう簡単に状況《じょうきょう》は変化などしないだろう」

だが、と続ける。

「二等辺三角関係なら釣り合いが歪《いびつ》だ。さっきの例で言うならCとAの間が他辺に比べて短い。Cは別にAのことが好きというわけではなく、単に応援しているだけだからな。ならば、Cの辺さえはっきり定義すれば、自《おの》ずから三角形は成立しなくなるだろう」

「え、えーと……？」

僕は慌《あわ》てて頭の中で三角形を想像するが、なかなか壮次郎のようにスムーズにはいかない。確かに理屈《りくつ》はわかるけど、それはつまりどういうことなのだろう。

「簡単に言うと。A↓B、B↓C、C↓?、という図式だ。このCの向かう先がはっきりとしていないから場が混乱しているのだ。要するに……」

「要するに？」

「Cの気持ち次第ということだ。Cは一体誰《だれ》が好きなのか？ もしくは誰も特に好きというわけではないのか？　なんにせよ、そこさえわかれば描《えが》かれる図形もはっきりする」

Cの気持ち。それはつまり僕の気持ち次第、ということだ。

でも、それが一番わからないから困ってる。先輩《せんぱい》のあまりにも意外な告白を聞いて、その後の美月の狼狽《ろうばい》を見て、僕は一体どうすればいいのだろう。

「……僕にはその気持ちが想像もつかないんだよ」

「咲也《さくや》、一つだけ忠告しておくが、人の心を想像しようとしても無駄《むだ》だぞ。そんなものはわかるはずもないからだ。あくまでも行動もしくは願望から類推するしかない」

「願望って……」

「Aは失踪《しっそう》。Bは急接近。でもCは何もできない。状況はこうだろう？　では今Cが一番したいと思っていること、またはしなければいけないと思っていることはなんだろうな」

「それは――」

その時頭に思い浮《う》かんだのは、他でもない美月の姿だった。

そうだ、僕は美月に会いたい。会わなくちゃならない。今まで思い悩《なや》んでいたけど、やっぱりこれは美月の物語であることに変わりはないんだ。その主人公がいなくなってしまっては、話は先に進まないのだから。

「……でも、連絡《れんらく》が取れないんだよな……」

このまま不在が続くと、いよいよ美月は蚊帳《かや》の外になってしまう。

先輩の気持ちが美月に向いていない以上どうしようもないと言えばそうなんだけど、でもこのまま何もしないつもりなんだろうか。諦《あきら》めて泣《な》き寝入《ねい》りするんだろうか。

そんな性格ではないはずだけど、この前の出来事のダメージが相当大きかったのは間違《まちが》いない。何せ好きな人に面と向かって言葉をぶつけられたのだから。

でも、どうするにせよ早く姿を見せろ！

そうじゃないと、美月が今までがんばってきたことが全部ウソみたいになってしまう。

それは嫌《いや》だろ？　僕だって嫌だ。

とは言え、あれから何回も連絡を取ろうと試みたけど、当の本人から反応がないのだからどうしようもない。何度スマホを確認してみても、僕の送信履歴《りれき》だけがいたずらに増えるだけで……、あれ？

「あっ……！」

「うん？　どうかしたか咲也」

思わず声が漏《も》れてしまい壮次郎に怪訝《けげん》そうにされた。でも、今はそれどころじゃない。

あったのだ。美月からの返信が。

着信履歴は十分ほど前。マナーモードにしていたからか気づかなかった。留守電には何も入っていないけど、連絡があったという事実だけで今は十分だった。

僕は壮次郎に用事ができたと告げて、急いで屋上を後にする。

散々連絡しても反応が無かったくせに、今頃《いまごろ》になってこれかよ。そう思いながらも、自然と口元が笑ってしまうのは、やっぱり嬉しいからなのだろう。何となく癪《しゃく》だけど、今は美月の状況を確認するのが先決だった。


「で、かけなおしても無反応、と」

「ああ……、ったくあいつ」

岸里《きしのさと》の言葉に、僕は苦々しく頷《うなず》く。何度かけても美月は電話に出なかった。僕からの送信履歴が溜《た》まる一方で、着信履歴の一件だけが空《むな》しくぽつんと残っている。

「ねーさっきゅん。美月ってばほんとに風邪《かぜ》なのかな？　何かあったんじゃないの？」

「そ〜ですね〜。こうも長引くと〜、ちょっと心配ですね〜」

珍《めずら》しく心配そうな岸里と、続く天満《てんま》先輩の言葉を聞いて、僕は気持ちが沈《しず》んだ。

この二人には、先日美月の身に何が起こったのか、その詳細《しょうさい》を話してはいなかった。ことがことだけに僕の口からは言いにくいし、美月の気持ちを考えるとなおさらだった。

「……もしかしてさ、さっきゅん、美月と何かあった？」

岸里のその一言に、あやうく手に持っていたスマホを落としそうになるくらい焦《あせ》った。

「な……っ！　何かって、何だよ」

「なーんか怪《あや》しい反応だなぁ。私はただ単に、さっきゅんだったら何か知ってるんじゃないかってことを言ったまでじゃん」

「…………いや、僕にもわからないよ」

ふうん、と気のない返事をするものの、岸里の目は射貫《いぬ》くように僕を見ていた。

「しっかし美月のやつ、私や天満先輩じゃなくさっきゅんだけに連絡入れるなんてねー。女の友情なんて儚《はかな》いもんっすよ。やっぱさっきゅんはすごい人だね！」

「……まあ、雑用係みたいな扱《あつか》いだからな……」

自分で言ってて空しくなるけど、事実だからなお悲しい。

「んーにゃ、なんだかんだ言ってあの子、ずっとさっきゅんに頼《たよ》りきりだったのは確かさ。それにしても、あの男嫌《おとこぎら》いの美月がこうもさっきゅんにべったりとは、いよいよさっきゅん女の子説が真実味を帯びてきたね！」

「僕は男だ……」

「うん、わかってるさ。だから驚《おどろ》いてんじゃない。言ったでしょ？　あの子は大の男嫌いなんだって」

　それは、初めて聞く情報だった。

　でも言われてみれば、美月が僕以外の男子と話しているところは一度も見たことがない。

「さっきゅんさ、なんで美月が先輩のこと好きなのか、知ってる？」

「あいつから聞いたよ。学校説明会で見て一目惚《ひとめぼ》れだって」

「違《ちが》う違う。それは桜川先輩を好きになった理由でしょ。それ以前に、どうして女の子なのに同性の女の子を好きになっちゃうのかってことよ」

「そういうこともあるものですよ～」

「あ、先輩すいません。ちょっと今は黙《だま》っててください」

　岸里にぞんざいな扱われ方をされたのに「はい～」と笑顔のまま大人しく引き下がる天満先輩は、本当に良い人だった。それはともかく――

「美月が女性を好きになる理由……？　それこそ、もともとそういった性格だからとか」

「ま、そういう人も世の中にはいるんだろうけどね。美月の場合はちゃんと理由があって男嫌いなのさ」

　理由？

　岸里の言葉に、僕はいつの間にか身を乗り出していた。

「さっきゅんは美月と家族の話とかした？　美月の家族構成とか知ってる？」

「……いや、してないし、知らないな」

「ま、だろうね。あの子はそんな話なんてしたがらないだろうし。でも、そこが男嫌いの原点でもあるんだよ」

「原点って……」

「あの子ね、兄と弟が一人ずついるんだ。美月ってすごい美少女じゃん？　肌《はだ》とかもスッベスベでモチモチで、髪《かみ》もサラサラで枝毛とかゼロだし、目はぱっちりしてでもう反則かよってレベルだよ！　マジで不公平にもほどがあるって感じ！」

「あの、私怨《しえん》はいいんで……」

「おっとごめんごめん！　で、それと同じようにあの子の兄弟もすごいイケメンなのね。しかもお兄さんの方は全国模試で一位取るくらい頭が良い人で、弟の方はサッカーの全国大会に出場して優勝するくらい運動神経がいいわけ。しかも二人とも、性格もすごく良くてとにかくモテるのよ」

何だか聞いてるだけで自分が情けなくなるようなハイスペックな人物像だった。

「まさに理想の男性ってやつじゃないか？」

「その通り。ま、その他細かいことも含《ふく》めて、女の子なら誰もが求めるスペックを全部兼《か》ね備えてる、まさに理想像なわけなのさ」

天は一人に何物も与《あた》えるものなんだな。それにしても、そんな兄弟なら美月にとっても自慢《じまん》の家族のはずだ。それがどうして男嫌いに繋《つな》がるんだろう。

「ね、不思議に思うじゃん。自慢にこそなれ、嫌う要素なんて一つもないからね。それでも、あの子の男嫌いはやっぱりその二人のせいなんだよね」

「……どうして？」

「これは美月が言ってたことだけど、外ではそうやって完璧超人《かんぺきちようじん》でも、実は家では相当だらしないらしいのよね二人とも。具体的にどうこうとは聞いてないけど、あの子曰《いわ》く、デリカシーの欠片《かけら》もない！　キモい！　ネチネチとうるさいし、人のやることにはすぐ文句をつけるしウザすぎる！　……らしいよ？」

な、なんだか親近感の湧《わ》く話だなそれは……。

他人事《ひとごと》じゃないと言うか、むしろ我が家とそっくりと言うか。

「って言ってもそれが家族じゃん？　だらしないところなんて人それぞれ絶対あるんだしさ、見せ合うことができるほど結びつきが強いってことでもある。でもあの子にとって運がなかったのは、それが理想像の裏側だったたってことね」

う……、すごく身につまされる話だ。

自分の事を言われてるのではないかとさえ思ってしまうほどに。

「美月だって兄弟がすごいってことは認めてるのさ。でも認めてるがゆえに、その裏側とのギャップがひどいものに感じるんだろうね。それで、他の男も全員こんなものと思ってしまい、夢を見ることができなくなった。正確には、兄弟が優秀《ゆうしゅう》すぎて、夢を見る余地が残ってなかったってところかな」

「それで、男嫌いになって、代わりに女の人を好きになるようになった……？」

「ま、普通《ふつう》は男嫌いにはなっても、それがたちまち女好きにはならないけど、あの子の周りには女の人が少なかったらしいからその反動かも。従兄弟《いとこ》も全員男らしいし、そもそもお母さんを亡くしちゃってるから、家族はお父さんも含めて男ばかり。後は、本人のもともとの性格も少しはあるのかもね」

これで話はおしまい。

そう言って岸里は、やれやれとばかりにため息を吐《つ》いた。

正直今までは、どこか適当な性格の人間だと思っていたけれど、こうも詳《くわ》しく美月の事を知っているとは、そしてそれを理解した上で付き合っているとは、実はなかなか人間の出来たやつなんじゃないだろうか。

それを岸里に言ったら「こう見えてもあの子の友達やってるからね」と少しだけ照れた

ように笑った。いい笑顔だった。

「いや、見直したよ。本当に」

「ったく褒《ほ》め殺《ごろ》しですか？　止《や》めてくれよ恥《は》ずかしい！　ま、さっきゅんだからこういう話をしたのさ。そこんとこは覚えておいてくれたまえよ？」

「そう言えば、なんで僕だからなんだ？」

「美月がさっきゅんのことを信頼《しんらい》してるからさ。あの男嫌いの美月がね」

「だから、僕は男だって」

「だから驚いてるって言ってるじゃん！　もー、会話がループしてるぜー」

あははと笑う岸里を見て、僕はどこかむず痒《がゆ》いような、それでいて温かい感触《かんしょく》が胸に広がっていくのがわかった。

その時、急に懐《ふところ》に入れていたスマホが鳴り出した。誰《だれ》からか確認すると、そこに表示された名前は、淡路《あわじ》美月。

思わず席から立ち上がり、はやる気持ちを抑《おさ》えて電話に出る。

「み、美月か⁉　今まで何して――」

『……なにさっきは無視してくれてんのよ……』

不機嫌《ふきげん》さがはっきりとわかるダウナーボイス。

ジト目でこちらを睨《にら》んでくる顔が、簡単に想像できてしまう。

「い、いや……、さっきはちょっと気づかなかっただけで」

『あんた……、今学校？』

聞きたいことは山ほどあったはずなのに、いざとなるとその一つさえ口からは出てこない。美月のどこか気だるそうな声に押される形で、僕は「ああ……」とだけ答えた。

『ふうん……、じゃあいいや。ダルいから寝《ね》る。んじゃ』

「へ？　美月？　おいっ！」

慌《あわ》てて呼びかけるが、既《すで》に通話は切れていた。こちらに何かを言う暇《ひま》も与えず、自分の言いたいことだけを言って一方的に姿を消す身勝手さ。

美月らしいと言えば美月らしいけど、今の状況《じょうきょう》でそれをやられるとかなりキツい。

僕はすぐに折り返し電話をかけた。でも、電源が入っていないのか当然のように出ない。

「美月から？　何だって？」

岸里と天満先輩《せんぱい》がこちらを見つめてくる。期待するような視線が痛い。僕が申し訳なさそうに通話内容を説明すると、岸里は腕《うで》を組んで何かを考え込むように唸《うな》った。

「うーん……、これはもう最後の手段しかないね」

「最後の手段？」

「そう。さっきゅんが、今から美月の家に行って直接様子を見てくるんだよ。きみを特派員に任命する！　ってこと」

「家って……、あの家か？」

「家にあのもこのもないっしょ。何があったか知らないけど、学校休んでることには変わりないんだしさ、お見舞《みま》いだよお見舞い」

その発想はなかった。でも、いくら美月とは言え、女の子の家に行くというのは、改めて考えてみるとかなりの抵抗《ていこう》があるんですが。

「なーに躊躇《ちゅうちょ》してんのさ。さっきゅんに限って下心があるわけじゃなし、住所は教えたげるからほら、さっさと行った行った」

「え？　僕一人で？　岸里や天満先輩は？」

「美月はさっきゅんだけに電話してきたんだから、まずはさっきゅんだけで行くべきだよ。きっと美月もさっきゅんと何か話したいことがあるんだろうしさ。ってなわけでＧＯ！」

ほれほれと背中を押す岸里に、僕がまだ躊躇していると、

「だーもう！　ガキの使いじゃないんだからさ！　これは部としての使命だよ？　部員である美月の安否を気遣《きづか》うためにさっきゅんは派遣《はけん》されるのです！　ねえ天満先輩？」

そう言って岸里がすっと身を引くと、そこには天満先輩が菩薩《ぼさつ》のような笑みを浮《う》かべな

がら、ほわほわした中に有無を言わせない雰囲気《ふんいき》を漂《ただよ》わせて立っていた。

「美月のこと〜、お願いしますね〜」

……どうやら、他に選択肢《せんたくし》はないらしい。

二人に押し切られた形になったけど、考えてみればこれがベストな行動なのかもしれない。とにかく美月に会わないことには始まらないのだ。どうして四日も学校を休んでいるのかも気になるし、それがもし先輩とのことから来るものだったら……。

一瞬《いっしゅん》ためらったものの、僕はそのまま教えられた住所へと向かった。学校からそう遠くはない。僕の家からもそれほど離《はな》れておらず、十分歩いて行ける距離《きょり》だった。

辿《たど》り着いた場所は閑静《かんせい》な住宅街。目の前に建つのは少し大きめのごく普通の一戸建て。

表札には淡路とあり、ここで間違《まちが》いはなかった。

インターホンを押すと、チャイムが響《ひび》いたけれど誰も出ない。ほっとしたような、肩透《かたす》かしをくらったような。

留守だろうかと思って何度か押していると、やがて誰かがインターホンに出た。

『……はい。誰?』

いかにも面倒《めんどう》くさそうな、愛想もへったくれもない言い方。でも、聞き覚えだけは嫌《いや》というほどある声だ。

「美月か？　僕だけど……」

『……は？』

何言ってんのあんた？　って後に続きそうな反応だった。

『もしかして咲也……？　ウソ……、なんで家に来てるのよ』

「な、なんでって……、お見舞いだよお見舞い！　あれからずっと学校来てないだろ？」

ちょっと言葉に詰《つ》まってしまったけど、深い意味があるわけじゃない。念のため。

『そのためにわざわざ？　ウソ！　やだ！　キモイ！』

キモイって、女の子に言われて一番傷つく言葉だよな……。

実際僕は今かなり傷ついています。はい。

「……その調子だと元気そうだな」

『そうでもないわよ。あ、ちょっと待ってて』

そう言って通話が一方的に切れた。どうしたのかと思う暇もなく玄関《げんかん》が開いて、美月が顔を覗《のぞ》かせる。たった数日しか経《た》っていないけど随分《ずいぶん》と懐《なつ》かしい感じがするのは、きっとこいつの存在感がバカみたいに大きかったからだろう。

「うわっ、ほんとに来てるし。どうして私の家の住所知ってんのよ。あんたもしかしてストーカーってやつ？」

「相変わらずの減らず口はいいとして、ストーカー云々《うんぬん》だけはお前に言われたくないな！」

住所については岸里から聞いたと伝えると、美月は興味なさそうに「ふうん」と返しただけだった。

「ま、こんなところで立ち話なんてアレだし、中入ってよ」

「あ、うん……ってお前、その格好」

美月の服装はなんとパジャマだった。ピンク色の可愛《かわい》らしい水玉柄《がら》で、その上に白いカーディガンを羽織っている。

「仕方ないでしょ、今まで寝てたんだし……。っくしゅ」

「今のくしゃみ……、ひょっとして美月、風邪《かぜ》で休んでたのか？」

「それ以外何があるってのよ。いいからさっさと入れ！　体が冷える！　っくしゅ！」

そう言って、美月は僕の背中を思いっきり平手で叩《たた》いた。

「熱がなかなか引かなくてさ。でももう治りかけだから、もうすぐ学校に行けると思う」

美月の部屋に通された僕は、お茶でも入れるという提案を断って、美月をベッドに寝かしつけた。

よくよく見ると顔が赤い。熱があるのに無理に玄関まで来させてしまったらしい。

「そうか。単なる風邪だったのか……」

「ふん。どうせあんたのことだから、先輩のことで、ショックで寝込んでるとでも思ったんでしょ。おあいにくさま。私はそんなにヤワじゃないわよ」

全くその通りだったので返す言葉がなかった。

僕は間を持たせるように、部屋の中をぐるっと見渡《みわた》す。

机にベッドにクローゼット。小さなラックと本棚《ほんだな》に、部屋の中央に置かれたガラス製のテーブル。その上には最新のノートPCが置かれていて、他に目に付くものと言えばカレンダーくらいしかない。

ベッドやカーテンはいかにも女の子らしい可愛い感じの花柄だったけど、その他は正反対にシックなものばかりで、部屋としてはかなり殺風景な方だった。それでも、どことなく美月には合っているように見えた。

家族以外の女性の部屋に入ったのは初めてなので、僕は当然のように緊張《きんちょう》していた。

「なに人の部屋ジロジロ見てんのよ。これだから変態は……」

「ち、違《ちが》う！　妹の部屋と比べてシンプルだなーって思ってただけだ！」

「あんた妹いるの？　その子いくつくらい？　可愛い？　写真ある？」

「何でそんなに身を乗り出すんだ……」

嫌な予感がするので秋穂《あきほ》のことは話さないでおこう……。

「ところで美月、どうしてずっと電話に出なかったんだよ。風邪なら風邪って言ってくれればこんな心配しなくてもよかったのに」

「……心配してくれたんだ」

「そ、そりゃあするだろ！　四日間も学校に来ないんだから。で、どうして今まで連絡《れんらく》がつかなかったんだよ」

「えー？　だって電話がかかってきた時は寝てたし、わざわざかけなおすの面倒くさい」

「……じゃあなんで今日はかけてきたんだよ」

「え？　なんとなく」

間違いない、こいつは猫科《ねこ》だ！

気まぐれさと傍若無人《ぼうじゃくぶじん》さはある意味で猫をしのぐかもしれない。

「そう言えば、あんたがお見舞いに来てくれた理由って、この前の先輩のことでしょ？」

突然《とつぜん》の話題に、僕はギクリとしながらも頷《うなず》いた。

「確かにあれはショックだったけど……、でも、あれは先輩の気持ちだから私には踏《ふ》みにじれないよ」

「でも、美月はそれでいいのか……？」

「私がいいか悪いかなんて関係ないでしょ。先輩《せんぱい》は先輩、私は私。それとこれとは本当は別件だし、そもそもそれくらい覚悟《かくご》してたしね」

女の子が女の子を好きになる。しかしそれは美月の事情であって、その相手には関係のないことだ。だから、ごく普通《ふつう》の振《ふ》られ方をすることくらいわかっていたのだ。

「それよりも、私はあんたの方がショックだったわよ」

「ぼ、僕の方って……」

「あんたが先輩と幼馴染《おさななじ》みなんてねー。そんなの一言も聞いてなかったなー」

ぐっ……！　む、胸がえぐられるような一言だ。

もちろん図星も図星、的のど真ん中に刺《さ》さってしまったため反論の余地も何もない。

「で、咲也はどうするつもりなのよ。あの先輩の告白、聞いてたんでしょ？　まさかそのまま何事もなかったかのように済ませるつもりじゃないでしょうね？」

「どうするつもりも何も……、僕は美月が――」

「私のことは今はどうでもいい。あんたは先輩のことだけ考えなさい。私が休んでる間、先輩はどうだったの？」

僕は先輩の急激な変化とアプローチについて、美月に事実を伝えた。

「……ふうん。じゃあ先輩の気持ちははっきりしてるんじゃない。あんたのことが子供の頃《ころ》からずっとす……っくしゅ！　……好きだったたって言ってたし」

その言葉が美月の口から出てきたことに、僕は少なからず動揺《どうよう》した。

一方で、つい先日まで現実を受け入れられない様子だった美月は、今はもうどこにもいないことに気がついた。

「盗《ぬす》み聞きとは言え、あんたは先輩の気持ちを知ってしまった。じゃあ、どんな形であれそれに応《こた》えないといけないんじゃないの。私のことは考えずにね」

今まで、僕は美月の気持ちを考えて、自分の中でずっと結論を先送りにしてきた。でも、当の美月がそれではいけないと言っている。偶然《ぐうぜん》とは言え知ってしまった先輩の気持ちは僕の方を向いていて、じゃあ僕の気持ちは、どこを向いているのか。

何も答えられずにいると、美月は怪訝《けげん》そうな目つきで僕を睨《にら》む。

「あんた……、あの美の女神である桜川先輩に好かれて、なんでそこまで悩《なや》む必要があるわけ？　隕石《いんせき》に直撃《ちょくげき》するような滅多《めった》にあり得ない幸運なのに、なんで迷ってるのよ」

「その喩《たと》え、確率的には幸運かもしれないけど、出来事としては最悪だろ……」

「んなことはどーでもいいの！　ビーナスのごとき先輩の寵愛《ちょうあい》を一身に受けながら、何をためらうことがあるってのよ！　何か受け入れられない理由でもあんの⁉」

「そ、それは……」

「…………………………あんたさ、もしかしてホモ——」

「絶対違う！」

うわーって感じで引いてる美月に、僕は全力で否定しておく。

ある意味で、女の子と間違われるよりも残酷《ざんこく》なレッテルだからだ。

「じゃあなんでなのよ。納得のいく理由を言いなさいよね理由を！　その答え次第では、引っこ抜《ぬ》くわよ!?」

「何を!?」

がーっと迫《せま》る美月。僕は答えに窮《きゅう》する。

確かに美月の言う通り、普通に考えれば悩むことなんて何もないのかもしれない。

桜川先輩は誰《だれ》もが認める人格の持ち主で、文句なしの美貌《びぼう》まで兼《か》ね備えている。しかも幼馴染みのお姉さんであり、決して知らない間柄《あいだがら》でもない。普通の男子なら、一も二もなく先輩の気持ちに応えて付き合えばいいだろう。

他に好きな人がいないということでは、僕も同じだ。他に好きな人でもいない限り。

なのに、僕はそんな筋道立った答えをどうしても出せずにいる。それはなぜかと考えると、やっぱり僕の根本的な性格と言うか、性質から来ているのだろう。

女性が、苦手。

「あと五秒以内に説明しないと生まれてきたことを後悔《こうかい》するような目に遭《あ》わせるわ」

「な、何をするつもりだよ」

「…………具体的には考えてないけどとにかくひどいことする」

ある意味で、美月の口から出るとこれ以上ない脅《おど》し文句《もんく》に感じるな……。

とは言え、もし僕のこの性格を誰かに言うとしたら、それは美月以外にはいないような気がする。岸里が言っていた、美月の男嫌《おとこぎら》いという言葉が頭をよぎる。

「……実は」

そして、僕は美月に全てを打ち明けた。自分がどんな人生を送り、どうして女性不信になったか。どうして先輩の気持ちに応えられないか。

美月は黙《だま》ってそれを聞いていた。一度も言葉を発することなく、僕が最後まで説明するのを、じっと身動きせず、静かに。

「……というわけで、僕は先輩の気持ちをどうしていいかわからない」

「…………ふうん。じゃあ、どうしたいと思ってるわけ？」

「どうしたいって？」

「あんたの抱《かか》えてるトラウマはわかったわ。九条《くじょう》先輩とか、まだ見ぬスーパー美少女の妹ちゃんとキャッキャウフフの羨《うらや》ましい生活を送っていたことに関する制裁は後でするとして……、あんたはそのままずっと、女の子が苦手でいいっての？」

「それは……、もちろん何とかしたいとは思ってるけど……」

「じゃあ、先輩のことは？　先輩のことは苦手意識を抜いたらどう思ってるの？　好きなの？　嫌いなの？」

「す、好きかどうかはわからないけど……、少なくとも嫌いじゃないよ。嫌う理由は何もないし、いい人だと思うし……」

「なんだ。じゃあいいじゃん」

そう言うが早いか、美月は僕の懐《ふところ》にいきなり手を突《つ》っ込んで、素早くスマホを取り出した。何をするのかと言う暇《ひま》もなく、慣れた手つきで何かの操作をし始める。

「なっ……！」

「言っとくけど、私はあんたのトラウマとか、そんなものは知ったこっちゃないわ。でもあんたは少なくともそのトラウマを何とかしたいと思ってて、しかも先輩のことが嫌いじゃないってんなら、どうとだってできるでしょ。苦手だって理由だけで逃《に》げ回るなんて、先輩の気持ちを知った今じゃ、そんなことは許されないし許さない。とにかく何かの返事をしなさい。これは義務よ」

スマホをいじりながら、美月はまくしたてるようにそう言った。

「へ、返事って……！　どう言えばいいんだよ⁉」

「んなことは自分で考えなさいよ！　苦手苦手で保留し続けられるほど人生は甘くないってのよ！　……よしできた」

用が済んだのか、ぽいっと放り投げてスマホを返してくる。

「……何してたんだ？」

「先輩にメールしといた。あんたの名前で、明日《あした》の放課後呼び出しといたわよ」

「はあああああ⁉　なななななな何してんだよ！」

「あんたがいつまでもグズグズしてるから私が制限時間を作ってあげたんじゃない。言っとくけど、二人きりで会うなんてことになったら、まず間違《まちが》いなく先輩はあんたに直接告白してくるわよ。真正面から言われたら、さすがのあんたも答えを出すしかないでしょ。

……っくしゅ」

あまりのことに呆然《ぼうぜん》としていると、美月は熱っぽい顔でくしゃみをした。

「……どうしてそこまでするんだ？　こんな状況《じょうきょう》じゃ、僕はお前の恋敵《こいがたき》みたいなもんじゃないか。それなのに、どうして……」

「……ふんっ。私は先輩に幸せになって欲しいのよ」

「でも、それじゃあ美月、お前はどうするんだよ……」

「……もちろん、私も幸せになりたい」

その二つは、決して両立することのない命題。片方が光を浴びれば、片方は闇《やみ》へと沈《しず》む。まるでコインの表と裏だ。その二つを同時に出したいと願っても、かなえる術《すべ》は何もない。

「ここ数日、寝《ね》ながらずっと考えてたわよ。私の想いがかなって、先輩の想いもかなって、皆《みんな》が幸せになれるような結末はないかなって。でも、そんなものはやっぱりどう考えたってなかったわ。んで、私は考えるのを止《や》めた！」

「そこ、胸を張るところじゃないからな！」

そもそも張るような胸も……、いや、これ以上は思考だけでも殺されそうなので止めようそうしよう。

「んで、結論としては、私は自分の気持ちに正直に動く。で、先輩も先輩の気持ちに正直に動いて欲しい。それで結果がどうなっても、私はそれに従うよ」

「でもそれだと、美月……」

既《すで》に結果は出ているようなものだ。少なくとも、美月の想いに対する結果は。

もちろんそんなことは美月もわかっている。わかった上で言っているとしたら、それはどれほど勇気のいることなのだろう。

「私、明日は登校する。んで放課後の告白、私も立ち会うから。この前あんたにやってもらったみたいに隠《かく》れてね。もしそこで中途半端《ちゅうとはんぱ》な答えを返してみなさい。私、一生あんたのこと嫌いになるから」

だから、そんなことはさせないでね。

そう言った時の美月の表情は、いつもの美月のままでありながら儚《はかな》げな笑顔だった。

「あー……、なんか頭がくらくらしてきた。またぶり返してきたかも……」

「え？　……って、結構熱があるぞ！　大丈夫《だいじょうぶ》なのか⁉」

手を額に当てて熱を計ると、はっきりとそうわかるくらいに熱い。

「おおげさ。もう治りかけなんだから、寝てりゃよくなるわよ。あんたは私の心配より、自分の心配をしてなさい。これ以上ウダウダ言うようだったらもぎ取るわよ！」

「だから何を⁉」

額に青筋を浮《う》かべながら拳《こぶし》を握《にぎ》るのは、リアルで怖《こわ》いから止めてください。

「……さてと、そろそろ時間がアレだし、咲也はもう帰りなさい」

「いや、でも」

「私は大丈夫だって言ってんの。……一眠《ひとねむ》りしたいのよ」

「あ……、ああそうか……、じゃあ帰るよ。悪かったな、風邪《かぜ》なのに長々と話して」

「別にいいわよ……。それよりも、もうすぐ弟が帰ってくるから」

そう言えば兄と弟がいるって岸里から聞いていたな。

でも、どうしてそれが早く帰れという理由になるんだろう。

「もし家に知らない男がいたら、今までなかっただけにギャーギャーうるさいだろうし、そうなる前に帰ったほうがお互《たが》いのためよ。ほんと、ウザいのよね」

「そ、そうか……」

何だか詳《くわ》しく聞くべきではない雰囲気《ふんいき》だったので、僕はそのまま挨拶《あいさつ》をして美月の家を後にした。

外に出ると、夕焼け空の端《はし》が夜に染まりかけていた。結構な時間を過ごしてしまったようだ。僕は美月とした話を思い出しながら、家路につく。

自分に正直に、それだけを考えて行動する。

少なくとも、もう僕は逃げ回ることはできない。先輩のことが真剣《しんけん》に好きな美月にあそこまでお膳《ぜん》立てをされて背を向けるようでは、もう本当に生きている資格さえないだろう。

桜川先輩のことを、しず姉ちゃんのことを思い浮かべる。

ずっと好きだったという、あの真っ直ぐな言葉。僕に向けられる、輝《かがや》くような笑顔。

改めて意識すると、自然と頬《ほお》が熱くなってくる。

この感覚を素直に受け止めることができたなら、どんなに素晴らしいことだろう。

僕がトラウマを乗り越《こ》えることさえできれば、それはきっと不可能ではないはずだ。

もしかして彼女が相手なら、それができるかもしれない。

そして、僕の不幸から生まれた女性観を覆《くつがえ》してくれるかもしれない。

僕はそこで頭を振《ふ》って思考を中断した。

どんな結果になるにせよ……、全ては明日決まるのだ。

▼

翌日、美月は自分の言った通り五日ぶりに登校して――来なかった。

朝のＨＲが始まるまでそわそわして待っていたけど、ついに美月の姿は現れず、そのまま何事もなく授業が始まった。

昨日の帰り際、随分《ずいぶん》と熱が高かったように見えたから、風邪が治りきらなかったのだろうか？　しかし昼休みに入った時、ふとメールが届いていることに気がついた。

件名：なし
差出人：淡路美月

本文：部室に来い。早く。

受信時刻は四限目の真っ最中。僕は壮次郎にことわって、急いで部室へと走った。

扉《とびら》を開けると、そこには赤い顔をした美月が、いかにも気だるそうにいつもの席に座っていた。僕が部室に入ると、緩慢《かんまん》な動作で頭を動かして、胡乱《うろん》な視線を送ってくる。

「遅《おそ》い……、っくしゅ！」

声に張りがない。風邪が治りきっていないまま無理に登校して来たのは明らかで、その証拠《しょうこ》に小さなくしゃみを連発している。僕がポケットティッシュを差し出すと、美月がふんだくるようにして受け取り、静かに鼻をかんだ。

「どうしてここにいるんだよ！」

「今日の放課後、立ち会うって言ったでしょ。もう忘れたの？」

「じゃなくて！　お前風邪が治ってないじゃないか！」

「そんなこと……、あんたに言われなくてもわかってるわよ。でもそんなのはどうでもいいこと。メールはもう送っちゃってるんだし、風邪くらいで寝込んでられないわよ」

……っくしゅ。

うー……、とぐずる美月を見て、僕は頭が痛くなってくるのがわかった。

「……とにかく、今すぐ帰って寝るんだ」

「はぁ？　嫌《いや》よ」

にべもない。眼光も怖い。が、ここで僕も引き下がるわけにはいかなかった。

「ダメだ帰れ。風邪をこじらせたりしたらどうするんだよ！」

「大したことないわよ。んなことより放課後のが大事」

「んなわけないだろ！　熱も高いみたいだし何かあったら——」

「いいから！」

美月の言葉が部室に響《ひび》き、そして消えた。

「……いいから、立ち会わせてよ。お願い……」

か細い声。弱々しい瞳《ひとみ》。でも、その内に秘められた輝きは異様なほどに強い。

僕はしばらくの間、そんな美月と見つめ合っていたけれど、すぐに諦《あきら》めた。

わがままで、僕が美月に敵《かな》うはずなんて、ないのだから。

「……わかった。じゃあ保健室に行こう。このままじゃまずい」

「ダメ。保健室に行ったら早退させられちゃう。ここで待《ま》ってる」

梃子《てこ》でも動かないといった感じの美月に僕はため息を吐《つ》き、やがて部屋の中の余っている椅子《いす》を集めて一列に並べ始めた。

「何してるの？」

「ベッド代わりだよ。せめて横になっててくれ。それだけは譲《ゆず》れない」

「わかった……」

美月は素直に頷《うなず》いて、簡易の椅子ベッドにそっと横たわる。

僕は上着を脱《ぬ》いでその上にかけた。

「気障《きざ》すぎ……。似合わないわよあんたには……」

「ぐっ……。結構勇気がいる行為《こうい》なんだぞ、これは」

「……でも、ありがと」

そう言うと、美月はすっと目を閉じて、すぐに小さな寝息《ねいき》を立て始めた。

無理をしてここまで来たんだろう。それほどまでに、今日の放課後のことを考えていたということか……。

「……じゃあまた、放課後にな」

僕は美月を起こさないように小声でそう告げると、部屋のカーテンを閉め、電気を消してそっと扉を閉めた。

あと数時間で、僕は全ての答えを出さないといけない。

でも、今となってはもう焦《あせ》ることは何もなかった。

既に、僕の返事は決まっている。あとはそれを口に出すだけだ。

「で、なんでお前はそんなところに入ろうとしてるんだよ……」

「隠れるのにちょうどいい。距離《きょり》が近い。サイズがぴったり。三拍子《さんびょうし》そろったこれ以上ない条件の場所じゃない。他にベストなところがあるとでも言うの？　だったら教えなさいよね。ほらほら早く」

放課後の空き教室。

美月は部屋の隅《すみ》にある空っぽの掃除《そうじ》用具箱の扉を開いたまま、睨《にら》むようにこっちを見ていた。一般《いっぱん》的な細長いロッカーで高さもあるし、幅《はば》も小柄《こがら》な美月には十分すぎるほどだったけど――

「だからって具合が悪いのにそんなところは」

「万が一でも会話を聞き漏《も》らすことがあってはならないのよ。備えあれば憂《うれ》いなし。急がば回れって言うでしょ？」

「前半はともかく、後半はこの場合全く関係がないと思うぞ……」

表現や喩《たと》えが微妙《びみょう》にズレてるのはいつも通りなのか、それとも頭が熱で朦朧《もうろう》としているからか、判別がつかない。

「いいの！　もう時間もないんだからごちゃごちゃ言うな！　それよりあんたの方がしっかりしなさいよね！」

べーっと舌を出してから中に入ったかと思うと、ロッカーの扉を乱暴に閉めて引きこもってしまった。そうすると、放課後の教室に特有のあの静けさがすぐに訪れる。窓から外を眺《なが》めると、薄雲《うすぐも》が赤くなりかけの空にかかっていた。

間もなく、廊下《ろうか》から足音が聞こえてきた。

控《ひか》えめな、それでもはっきりと急いでいるとわかる音。

僕が廊下の方に目をやるのと、先輩《せんぱい》が扉を開けて入ってきたのは、ほとんど同時だった。

「あっ……」

先輩はすぐに僕の姿を認めて、ふにゃっと笑った。

頬が赤く染まっているように見えるのは、きっと急いで来たからだけじゃない。

「ごめんねさっちゃん。ちょっと遅くなっちゃって」

「いえ、全然そんなことないですよ」

「……普通《ふつう》のしゃべり方でいいって言ってるのに……」

ちょっと拗《す》ねた風に言う先輩。以前とのギャップもあって、軽くドキッとさせられる。

何気ない動作の全てから、少女らしい可愛《かわい》さがふりまかれているような気がした。

「それで、今日はどうして呼び出してくれたのかな？」

「あ、えーと……、特にこれということはないんですけど、ちょっとお話がしたいかな、なんて思いまして……」

ぱぁー……っていう効果音が聞こえてきそうなほど、先輩の顔が一気に明るくなっていく。そんな風に嬉《うれ》しそうにされると、ウソをついた自分への罪悪感がすさまじかった。

「嬉しいな！　実は私もさっちゃんに言わないといけないことがあったから」

──言っとくけど、二人きりで会うなんてことになったら、まず間違《まちが》いなく先輩はあんたに直接告白してくるわよ。

昨日、美月が言ったセリフが頭に浮《う》かんだ。

やっぱりその辺りの読みは、同じ恋《こい》する少女が持つ勘《かん》というやつなんだろうか。

「僕に言わないといけないこと……って何ですか」

「それは、私が子供の頃《ころ》からずっと思い続けてきたことなの」

ストレートに、何の気負いもなく話し始める先輩。

おそらく、先輩はあの美月の告白を勘違いした時に、自分の気持ちをしっかりと固めてしまったのだろう。その声には迷いなど一片も感じられない。

「私は、あなたのことが、さっちゃんのことがずっと好きでした」

今もね、と続けて笑う先輩の顔には、何かを恐《おそ》れるような影《かげ》は微塵《みじん》もなかった。

ただ真っ直ぐに自分の気持ちを伝える。

それ以外には何もいらないとでも言うように。

そして僕は、改めて先輩の告白を目の前で受け、自分で思っていたよりもはるかに重い衝撃《しょうげき》が心に迫《せま》ってくるのを感じた。

「お隣《となり》さんで一歳年下。最初は仲の良いお友達って感じだった。いつも一緒《いっしょ》に遊んでて、ただただ楽しかったよ。でもその内に、楽しいってだけじゃない気持ちが私の中にできてきたの。まだ子供だったけど、私にはすぐにその気持ちが何なのかわかった。ああ、これが『好き』ってことなんだなって」

裏も表もない、裸《はだか》の言葉が紡《つむ》がれる。

そこには僕が不信を感じる隙《すき》さえもない。心がそのまま言葉になったようなもの。

「でもね、最初は私も変だって思ったよ。どうして？　って思った。だってさっちゃんはいくら仲良しでも、ただお隣に住んでいるお友達ってだけのはずだったから。それに、さっちゃんはさっちゃんだから、好きになるのはおかしいって思った。でも、本当はそんなことは『好き』っていう気持ちには何の関係もないことだったよ」

僕の朧《おぼろ》げな記憶《きおく》の中にいるしず姉ちゃんは、いつも楽しそうに笑っていたけど、実はそんな気持ちを抱《かか》えていたなんて。

「それでも子供だった私はそのことでいっぱい悩《なや》んだよ。さっちゃんのことを、特別な好きの対象にしていいのか本当に悩んだ。それで告白もできないままに、私は両親の離婚《りこん》で引っ越《こ》すことになって……、さっちゃんと離《はな》ればなれになってもう二度と会えないんだってわかったら涙《なみだ》が止まらなくなって……、そこでようやく理解したんだよ。やっぱり私はさっちゃんのことが特別に好きなんだって」

もう遅《おそ》かったけどね、と笑う先輩の顔は、どこか寂《さび》しそうに見えた。

「それから、私の中でさっちゃんはただの思い出じゃなく、永遠に消えない存在になってずっと生き続けることになったの。普通は遠く離れちゃったら段々と思い出も色褪《いろあ》せるはずなのに、さっちゃんのことだけはいつまでも生き生きと、まるで昨日のことみたいに思い出せる。結局、それだけさっちゃんのことが好きなんだって気づいて、どうして常識なんかに捕《と》らわれて告白しなかったんだって、何度後悔《こうかい》したかわからないよ」

先輩の声だけが、静まりかえった教室の中に響く。

隠《かく》れて聞いているはずの美月は、今何を思っているのか。

「私の中にはさっちゃんがずっといたから、それから何度か告白もされたけど、全部すぐに断った。もう会えない人をずっと想い続けるって、結構大変なことなんだよ？　それでも恋は消えないんだから、ほんとさっちゃんは罪作りだよね。このまま私は一生さっちゃんの思い出を胸に秘めて独りで生きていくのかと思うと悲しくもなったけど、それでもいいかなーなんて考えてたんだから、どうしようもないよ。お母さんが再婚《さいこん》してまたこの街に戻《もど》ってきたけど、さっちゃんの迷惑《めいわく》を考えると今更《いまさら》会いにも行けないし、ほとんど諦めてた。でも、そんなある日——」

奇跡《きせき》が起きた。

二度と会えるはずのない人に、会えるはずのない場所で会えた。

「最初はウソだと思った。勘違いだと思った。私の往生際の悪い心が見せる幻《まぼろし》だって、本気で思ったよ？　だってさっちゃん、あの頃と変わってないんだもん。いくらなんでもそんなこと、現実的にあり得ないって思って、私はなかなかさっちゃんのことが信じられなかった。でも、名前を聞いて、昔のことを聞いて、九条先輩の弟だなんてまだ言ってて、やっと間違いないって思えた時は本当に嬉しかったよ。そのまま勢いで告白しちゃいそうだったけど、それを止めたのは、淡路美月さんの存在だった」

がたりと、ロッカーが微《かす》かに揺《ゆ》れた。慌《あわ》てて先輩の方を見たけど、気づいた様子はなく、まるで夢を見るような心地《ここち》で話を続けている。

「彼女は本当に綺麗《きれい》だね。まるでお人形さんみたいで可愛くて、そんな子がさっちゃんのすぐ傍《そば》にいるんだから、私は今更出て行けないよ。二人は付き合ってないって言ってたけど、それを聞いて安心もしたけど、それでもすぐには信じられなかったから、本当の意味ではさっちゃんと再会できなかった。結局我慢《がまん》しきれずに、あのお茶会の席で言っちゃったんだけどね。でもその次の日に、私は警告を受けた——」

「け、警告って……」

「美月さんに呼び出されてね、そこでもうさっちゃんには自分がいるからって感じで言われたよ。でも逆にそれで、私は迷いを断ち切って、今こうやって告白しているんだけど」

…………そんなニュアンスのことは、美月は一言も言ってないはずだけど……。

まあ、あの場で美月の口からいきなり僕の名前が出たこと自体は、確かに意外と言えば意外だった。でもそれをそこまで勘違いするのはさすがに無理があるような……。

——って、今はそんなことを考えてる場合じゃない！

「ふう、これで私の話はおしまいです！　……ごめんね、いきなりこんなこと言っちゃって。これは私がずっと勝手に思い続けてきただけだし、今もさっちゃんの都合も考えずに話したことだから、さっちゃんは気にしないでください。答えも特にいりません。私は、自分の想いを伝えられただけで、それで十分だから――」

そう言って先輩は口を閉じ、すっと目を細めて僕に笑いかけた。

頬《ほお》を伝う涙のあとが、夕日に照らされてきらきらと光る。僕はそれを見て、胸が締《し》め付けられるような気がした。

そこには、僕が今まで女性に抱《いだ》いてきた偏見《へんけん》なんかが入り込める余地はなかった。あまりにも真っ直ぐで、あまりにも無垢《むく》な言葉の連なりが、強固だと思っていたトラウマの壁《かべ》を突《つ》き破り、直接僕の目の前に浮かんでいる。

女性が苦手なんて、今の先輩の告白を前にしたら、何の意味もない些末《さまつ》なことだ。だからこそ僕は、その想いを真摯《しんし》に受け止めなくてはならない。答えなんていらないと言いながら泣いている少女を放っておくわけにはいかない。

美月の顔が、一瞬《いっしゅん》だけ頭をよぎった。

「……っ！　ぼ、僕は――」

「待って！」

僕が言葉を絞《しぼ》り出すように口を開くと、先輩は手を上げてそれを制した。

「待って、さっちゃん。いいんだよ、無理はしなくて。私は返事なんていらない。さっちゃんをそんなに苦しめてまで、答えなんて欲しくないの」

「……いえ、僕は答えを返さなくてはいけません。それは僕のためでもあるんです。僕も自分の中にずっとあったものを、今こそ乗り越えないといけないから」

「……さっちゃん」

先輩は悲しそうに僕を見つめていたが、やがて力なく首を振《ふ》った。

「ごめんなさい、さっちゃん……。結局は私の告白が、さっちゃんがずっと隠し続けてきたことを暴いてしまったのね……」

「えっ……!? ど、どうして先輩がそのことを……」

「ふふ……。私はずっと知ってたのよ。さっちゃんの秘密を、ね」

……そうだったのか。

先輩は僕の女性不信を見抜《みぬ》いていたのか。そしてその上で告白してきた……。

有利な条件なんて何一つもない。でもそれを恐れずに進む先輩の強さ。

それに比べて僕はなんて情けないのだろう。ただトラウマに甘えて、後ろ向きにばかり生きてきたのだ。でも、今ならそこから抜け出すことができるかもしれない。

ちらりと掃除《そうじ》用具箱に目を走らせてから、全身に力を込める。

美月も聞いていてくれ。これが、今の僕に出せる精一杯《せいいっぱい》の答えだ。

「先輩、僕は――――」

「さっちゃんは実は、女の子なんだよね！」

時間が止まった。

…………………………。

………………………………………………？

………………………………………………………………………………えーと。

…………え？

「そんなの、子供の頃からもちろん気づいてたよ。だから、私は悩んでたの」

「…………いや、あの、ちょっと……」

「でも私の想いは本物だから。たとえさっちゃんが女の子でもね！」

にこりと、変わらない笑顔。

でも今は、とてもそれが輝《かがや》いているようには見えなかった。

「……先輩《せんぱい》、何か大きな勘違いをしていると思うんですけど……」

「勘違い？　何かな」

「あのー……、僕は男です。正真正銘《しょうしんしょうめい》」

嘘偽《うそいつわ》りなく。いや、ほんとに。

「さっちゃん、私は本当のことを知ってるから、私の前ではそんなフリをしなくてもいいよ。もちろんさっちゃんが、何か事情があってそう言ってることは知ってるけどね」

フリ？　事情？　何をおっしゃられているのでしょうか先輩は？

「いやいやいや！　本当に僕は男なんですって！」

「むう、水くさいなぁ。私は女の子だって何にも気にしないって言ってるのに」

問題発言！　問題発言ですよこれは！

「だってさっちゃん、小学校での学芸会で白雪姫《ひめ》役をやってたじゃない。他にも時々スカートはいてるのも見たことあるし、九条さんちの三姉妹って言われてたし」

姉さん達の悪行がこの期に及《およ》んで呪《のろ》いのように絡《から》みついてきている⁉

ヤバイ！　まずい！　ひどい！　冗談《じょうだん》じゃない‼

「そ、それは全部誤解というやつで！」

「いいよいいよ。じゃあそういうことでいい。私は何にも気にしないから。ここまで全てをさらけ出し合った仲だもん。今ならさっちゃんの答え、期待してもいいかな？」

一歩、先輩の足が前に出る。

一歩、僕の足が後ろにさがる。

今となっては、僕がさっき何を言いかけたのか、もう思い出すこともできない。

だって、だって全ては前提からして間違《まちが》っていたんだから——

「さあさっちゃん、女の子同士でも、きっと大丈夫《だいじょうぶ》だよ！」

「何がーっ!?」

じりじりと迫る先輩に、僕はついに壁際《かべぎわ》まで追い詰《つ》められる。

何かが、よくわからないけどとても大事な何かが失われてしまうような——

「ちょっと待ったああああああああああああ！」

その時、バゴンッと凄《すさ》まじい音がして、掃除用具箱の扉《とびら》が蹴破《けやぶ》られた。

「み、美月!?」

「なっ!? あなたは！」

飛び出すようにして現れた美月は、夕焼けの空が広がる窓を背に、キッとこちらを睨《にら》みつける。その表情は逆光でよく見えなかったけれど、二つの目がギラギラと猛獣《もうじゅう》のように光り輝いているのだけはわかった。

「桜川先輩！　あなたは大きな勘違《かんちが》いをしている！」

「な、なんですって⁉」

「咲也は！　そこのバカは！　完全に女顔で女装したら完璧《かんぺき》に美少女にしか見えなくて、絶対アレは頼《たの》まれた買い物なんかじゃなくて自分で使うためのものに間違いないけど！

そんな変態的なこいつだけど――」

ぜえぜえと息が荒《あら》く、言ってることが支離《しり》滅裂《めつれつ》かつ容赦《ようしゃ》がない。

「それでも！　こいつは正真正銘、完全無欠に男なんですよ‼」

言い終わると同時に、さっきの衝撃《しょうげき》で中途半端《ちゅうとはんぱ》に開いたままだった掃除用具箱の扉を、美月は正拳《せいけん》でぶん殴《なぐ》ってバンッと叩《たた》きつけるように閉じた。

それを見て先輩は、打ちひしがれたように身体《からだ》をのけぞらせながら絶句している。

「な……、な……っ！」

「こいつが……女なはず……………ないじゃないですか……」

腕《うで》を下ろしながら、呟《つぶや》くように美月は言う。

まるで自分自身に言い聞かせるかのように。

そして静寂《せいじゃく》が訪れる。沈黙《ちんもく》が、重く教室に立ちこめた。

でもそれは、すぐに先輩によって破られることになった。

「そっか……、そうだったんだ………。やっぱり……そういうことだったんだ……」

顔を伏《ふ》せ、肩《かた》を細かく震《ふる》わせながら、先輩は囁《ささや》く。

その様子があまりにも恐《おそ》ろしくて、僕は思わず背後の壁にへばりついた。

間もなく勢いよく顔を上げると、先輩は強い視線で美月を見据《みす》えた。

「やっぱりあなた達、本当は付き合っていたのね！　それで、それであなたはわざわざこの場所で待ち伏せして、私にトドメを刺《さ》そうと……！」

目に涙《なみだ》を溜《た》めながら、今にも泣き出しそうに洟《はな》をすすりながら、それでも先輩は気丈《きじょう》に言い放つ。もっとも、それはまるっきり誤解と言うか、もうほとんど妄想《もうそう》の域に達しているレベルと言うか……。

「わかったわ……。ここは一度私が引きます。でも、私は決して認めませんから。決して諦《あきら》めませんから！」

高らかにそう宣言したかと思うと、先輩は教室の扉まで移動し、こちらに背を向けたまま一度立ち止まった。そして――

「これで……、これで負けたわけじゃないんだからあああぁぁぁ……！」

最後まで真実にかすりもしなかった捨て台詞《ぜりふ》を言い放ちながら、すごい勢いで走り去ってしまった。完全なる誤解を抱いたままに。

「…………」

後に残された僕は、もうどうしてこの場に自分がいるのかもわからなくなるくらい頭の中が真っ白だった。全身から力が抜け、文字通り、開いた口がふさがらない。

それでも、僕は錆《さ》び付いたロボットのような動作で頭を動かし、美月の方を見る。

「……あんたさ」

肩を怒《いか》らせて、鋭《するど》い視線をこちらに向けたまま、美月は言った。

あまりの迫力《はくりょく》に、思わず身体が震える。

「さっき……、先輩にどういう返事をしようとしてたの……？」

「え、えーと……」

何だっけ。頭が全然働いていないからか、上手く思い出せない。その部分の記憶《きおく》だけが、まるでエアポケットになっているみたいだ。

僕が何も答えずにいると、美月はつかつかとこっちへ近づいてきた。

そして思わず身構える僕など気にする風もなく、しかと見据えると、

「……女の子に、夢見てんじゃ、ないわよ」

そう言って、ふっと糸が切れたかのように身体の力を抜いた。

慌《あわ》てて支えると、まるで全ての力を使い果たしたかのように目を閉じていた。ふにゃふにゃと寝言《ねごと》のような言葉が口から漏《も》れているし、どうやら完全に気を失っているようだ。

僕はため息を吐《つ》いてから、そっと額に手を当てる。

熱は高い。風邪《かぜ》も治りきってない内にあんな無茶をしたんだから、当たり前だ。

「夢なんて見られないことくらい、とっくの昔に知ってたよ……」

誰《だれ》に言うでもない独り言。

僕の呟きは、受け取る人が不在のまま、虚空《こくう》へと溶《と》けて消えた。

未《いま》だに目覚めない美月を背負いながら、僕は夕暮れの道を歩く。

あんまり力のない僕でも楽だと感じるほどに、美月の身体は軽かった。

「……うぅん………」

時折美月の口から漏れる、言葉にならない声が聞こえてくる。

すると、すぐ傍《そば》にある美月の顔から来る寝息《ねいき》のくすぐったさや、背中に感じる少女特有の柔《やわ》らかさと温もりをどうしても意識してしまい、嫌《いや》でもドキドキさせられてしまう。

僕がそんな感覚を振《ふ》り払《はら》うかのように軽く頭を振ると、それが美月にはくすぐったいのか、ぎゅっと抱《だ》きつく力を強くして、じゃれるように頬《ほお》を擦《す》り寄せてきた。

「……ん……、さくや………」

「………っ！」

今まで聞いたこともない、どこか甘えるような声。

何の夢を見ているのか知らないけど、きっと風邪の高熱が作り出したあり得ないような内容なのだろう。いや、きっとそうに違《ちが》いない。

僕は勝手に高鳴る心臓の音に合わせて、足早に歩く。

不思議と、いつもの嫌な緊張感《きんちょうかん》がないのは、きっとこいつが相手だからなのだろう。

夢を見なくてもいい女の子。

夢を見るなと言ってくれた女の子。

それは、おそらくとても得がたい存在だから——

「ありがとな、美月……」

自然と、そんな言葉が口から出る。

考えよりも、先に出る。

ありがとう。

そして美月は、そんな寝《ね》ている耳には届くはずのない言葉を聞いて、

「うん……」

と寝言を一つ、呟いた。

エピローグ

「……じゃあ姉さん、先輩《せんぱい》が僕のことを誤解してるって知ってたんだな……！」

「もちろん、ばっちり知ってたわよ？」

僕の詰問《きつもん》に、姉さんはワカメの味噌《みそ》汁《しる》を啜《すす》りながら、さも当たり前のように平然と答えた。……僕はこの返事に悪意しか感じなくてもいいと思う。うん。

「え？　なになに？　お兄ちゃんへの誤解って何のこと？」

「この前言ってた桜川《さくらがわ》さんのことよ。なんと彼女、咲也《さくや》ちゃんのことを昔から女の子だと思い込んでいたのよね」

「へー、あのベタベタ女が？　なんだ、結構見る目あるじゃん」

「秋穂《あきほ》、お前の感想は明らかに間違っている……！」

しかも、元はと言えばこの姉妹がやった数々の暴挙が発端《ほったん》なのに、二人の態度には謝罪のしゃの字もなければ反省のはの字もない。

猛省《もうせい》を促《うなが》したいけど、残念ながら僕にその力はなかった……。

「あっ！　だからお姉ちゃんはあのベタベタ女を野放しにしてても何の心配もいらないって言ってたんだ。そーゆーことかぁ」

「そうよ。いくら彼女ががんばっても、ここにいるのは男である咲也ちゃんであって、彼女が想いを寄せるさっちゃんなる女の子は、最初からどこにもいなかったのよ」

それは、確かに姉さんの言う通りだ。

結局のところ桜川先輩は、始まりからして大間違いをしていたのだ。

スタートダッシュで本来のコースとは正反対の方向へと全速力で突《つ》っ走り、そして今も間違いに気づかないまま走り続けている。最後の言動から推測する限り、おそらく永遠に戻《もど》ってこない可能性が大きいけど、それは男である九条《くじょう》咲也にはどうしようもないことなので、僕は今後の生活でなるべく先輩に関わらないよう心掛《こころが》けるしかない。

「……どうして、そのことを教えてくれなかったんだよ」

「あら？　そんなことを言ったところで何にもならないじゃない。それとも、彼女の誤解を解かないといけないような事態が発生したのかしら……？」

その一言で、急激に場の空気が張り詰《つ》める。

僕は武道はやっていないけど、これが殺気なんだと長年の経験でわかってしまう。

「そう言えば……、今日お兄ちゃんが帰ってきた時、なんか女の匂《にお》いが全身からしていたような……。どうせまたお兄ちゃんのことだから学校で不慮《ふりよ》の事故にでも遭《あ》ったのかと見《み》逃《のが》してあげたけど……、まさか」

不慮の事故ってなんだ……。って言うか匂いって、お前は犬か！

いや、今はそんなことを気にしてる場合じゃない！

場の雰囲気《ふんいき》が明らかに僕に不利な方に傾《かたむ》きかけている！

「ち、違うぞ！　あれは先輩のじゃなくて……！」

「……先輩『の』？」

あ。

「ほほう……？　ベタベタ女『の』じゃないなら、一体誰『の』なのかなぁ……」

ゆらりと、どこぞの剣豪《けんごう》のような動きで秋穂が立ち上がる。見るとスプーンが逆手に握《にぎ》られていて、フォークやナイフとはまた違ったおぞましさを醸《かも》し出していた。

この状況《じようきよう》を回避《かいひ》する方法は果たしてあるのだろうか。

正直に美月《みづき》のことを話した場合、たき火にガソリンを注ぐよりもひどいことになるのは予想するまでもなく、かと言って他に誤魔化《ごまか》しようもない。

ああなんだ。考えるまでもなくツんでますね。

じゃあもういっそ、行為《こうい》だけを端的《たんてき》に説明して平然としていればいいんじゃないかな。

「秋穂」

「なに？」

「実は風邪でダウンしてた女の子を背負って帰った」

うん、やっぱり正直は美徳だね。

まあ、この時の僕は、恐怖《きょうふ》から脳みそが腐《くさ》っていたとしか思えないんだけど。

「お兄ちゃん」

「なにかな」

「立派じゃん。偉《えら》いじゃん。なかなかできることじゃないよ」

「さすが秋穂。わかってくれるか」

「でも死刑《しけい》」

秋穂が飛び掛かってきて、いつの間にか姉さんが交じり、そして始まるいつもの宴《うたげ》。

運命とは、たかだか僕一人の力で打ち破れるものではないということを、この日改めて知ることになった。

▼

あれから数日後の部室。

美月の風邪もようやく治り、久しぶりに部員全員がそろった部活動研究部。

もちろん部活動らしい活動なんてやるはずもなく、いつも通りまるで関係ないことで適当に時間を過ごす——はずだったんだけど……。

「はぁ〜〜〜………」

重いため息が聞こえてくる。

テーブルに突っ伏《ぷ》して、この世の終わりが訪れたかのような暗い雰囲気をまとっているのは、言うまでもなく美月だった。

「……ねぇさっきゅん。あれ、何よ」

岸里《きしのさと》が呆《あき》れたように聞いてくる。が、とても説明のしようがない。

「あらあら〜……。美月〜？　どうしちゃったのですか〜？」

天満《てんま》先輩も珍《めずら》しく表情を曇《くも》らせている。

なんだかんだでムードメーカーみたいな役割の美月が沈《しず》むと、どうしても周囲への影《えい》響《きょう》が大きいようだ。

「先輩……、真由香《まゆか》……。私は負け犬なのよ……。敗北者なのよ……。人生の落伍《らくご》者なのよ……。ミミズでオケラでアメンボだったのよ……」

傲岸不遜《ごうがんふそん》が服を着て、温厚篤実《とくじつ》に蹴《け》りを入れるような性格の美月がここまで凹《へこ》んでしまうなんて……。

でも、あそこまでひどい失恋《しつれん》の仕方を思うと、無理のないことなのかもしれない。

「……桜川先輩のことで、何かあったの？」

岸里の質問があまりにも直球すぎて、僕はギクリとする。

それはもう、ほとんど見えてる地雷《じらい》を踏《ふ》みつけるようなものだった。

「真由香……。私はフラれたの。フラれてしまったのよ……。恋《こい》が……終わった」

「あちゃ……、それはそれは」

「美月～……」

美月の悲痛な声に、さすがの二人も今回ばかりは言葉がないようだった。

かける言葉も見つからず、僕達が遠巻きに見つめていると、美月はやがてゆっくりと立ち上がった。そして伏せていた顔を上げた時、そこにはさっきまでの暗さはまるでなく、代わりに何かを決意するような力強さに満ちていた。

「……次よ」

「へ？」

僕がその急な変化について行けずにいると、美月はビシッと人差し指をこちらに向けて、高らかに宣言する。

「桜川先輩への恋は幕を閉じたわ。そして私は、今から新たな恋を探すことに決めた！」

「………………」

……いいのか、そんなに軽くて。

「おお、さっすが美月だね！　ナイスポジティブシンキング！」

「うふふ〜。やっぱり美月はそうでなくてはいけませんね〜」

でも二人は、そんな美月を歓迎《かんげい》しているようだ。

どことなく釈然《しゃくぜん》としないものを感じるのは、僕だけなんだろうか……。

「……何よ咲也、そのいかにもすっきりしてませんって顔は」

「い、いや……、何というかその、随分《ずいぶん》と思い切りがいいなって思いまして……」

「……ふんっ！　いつまでも終わったことにグダグダとしがみついていたくないだけよ。それにもう、桜川先輩にはどうやったって想いは届きそうにないし……」

「美月……」

「だぁ！　暗い！」

しんみりしようとしたら背中をひっぱたかれた。

いい加減、手加減というものをお願いします。

「とにかく！　終わった恋は綺麗《きれい》さっぱり諦《あきら》める！　そして次に進むのよ！」

「えーと……、次って言うのは？」

「もちろん、新たに素敵な女の子を見つけるということに決まってるでしょ！」

……いや、決まってないだろ。

と言うか、女の子ってところはやっぱり変わらないんだな……。

「何よその顔は……。どうせ節操がないとでも思ってるんでしょ！　女の恋は上書き保存っていう名言もあるんだからね！」

「その名言はかなり偏見《へんけん》に満ちているような気がする！」

……節操がないとは、思わないけどさ。

「ごちゃごちゃうるさいわね……。私には真実の愛を見つけるという崇高《すうこう》な目的があるのよ。そのためには、一度や二度の失敗で立ち止まってる暇《ひま》なんてないの！」

「真実の、愛？」

「そう！　何の誤魔化しもなく、何の幻想《げんそう》も抱《いだ》かず、ただその人のあるがままを受け入れることができるような、そんな相手を見つけるのよ！」

「あっはは、そいつはロマンチックだねぇ」

「大丈夫《だいじょうぶ》ですよ～。美月ならきっと見つけられます～」

わいわいと盛り上がる女子とは対照的に、僕は美月が言い放った真実の愛という言葉のことを考えていた。

別に特別な響《ひび》きがあるわけでもないのに、妙《みょう》に頭から離《はな》れない。

何の誤魔化しもなく、何の幻想も抱かず、ただその人のあるがままを受け入れることができるような、そんな相手——

もし、もしそんな女性と巡《めぐ》り会うことができたら、こんな僕でも当たり前な恋ができるようになるんだろうか。

「……咲也？　何ボケーッとしてんのよ」

「あ、いや……、真実の愛が見つかるといいなって……」

素直に、そう思う。

「なーに他人事《ひとごと》みたいに言ってんの。当然、あんたも今まで通りその手伝いをするのよ！　私のためにね！」

「え⁉　な、なんで僕がそんなことをしなくちゃいけないんだ⁉　僕はもうお役御免《ごめん》のはずじゃなかったのか⁉」

「あんたは私に協力する義務があるじゃない」

そう言いながら美月は近づいて、そっと僕の耳元に顔を寄せる。

「そうでしょ……？　さ、さ、さくやちゃん」

その言葉に、僕は弾《はじ》かれたように距離《きょり》を取り、愕然《がくぜん》と美月を見つめる。

いたずらっぽく、そしてどこか楽しそうに笑いながら、美月は他の二人に気づかれないよう、小さく舌を出していた。

「ま、待て！　それは今回の桜川先輩《せんぱい》の件で終わったはずじゃ……」

「はあ？　失敗に終わっておきながら、何を調子のいいこと言ってんだか。あんたは私が真実の愛を見つけるまで、永遠に私に尽《つ》くす運命にあるのよ！」

腕《うで》を組んで高笑いするその姿は、明らかに悪の帝王《ていおう》だった。

なんて卑怯《ひきょう》な……っ！

「…………………」

「んー？　何か不満でもあるの？　黙《だま》っていないで何とか言ったらどうなのよ」

「……いや、いいよ。正直不満しかないけど、どうせそんなこと言ったところで無駄《むだ》だろうしさ。乗りかかった船だし、やってやろうじゃないか」

「へぇ、随分と積極的じゃない。感心感心」

いや、これはもうほとんどヤケクソに近い。

断るという選択肢《せんたくし》が事前につぶされている以上、何をやったって泥沼《どろぬま》にはまるだけだということは、長年の経験からわかっているんだ。

それに、もう一つだけ理由がある。

「僕もその、真実の愛ってやつに、ちょっと興味があるしさ……」

ぽそりと、付け足すように小声で言う。

恥《は》ずかしいけど、これだけは僕の中から出た、唯一《ゆいいつ》能動的な動機だった。

美月はそれを聞くと、最初はきょとんとした顔で目をぱちくりとさせていたが、やがてにまーっと怪《あや》しい笑みを浮《う》かべ始めた。

「な、なんだよその顔は」

「べっつにー？　深い意味はないよ。ただ、お互《たが》い好都合だと思ってさ」

深い意味はなくても、ロクでもない企《たくら》みはありそうな顔だ……。

「よし！　じゃあ早速相手を見つけないとね！　真由香、この学校の美少女の写真、一通り集めてよ！」

「おっ、毎度ありー。そういうことならこの私に任せなさいな」

「そ、そんな不純なやり方でいいのか⁉」

「まあまあ～、方針も決まったようですし～、お茶でも飲んで落ち着いてくださいー」

「あ、ありがとうございます……、じゃなくて！」

「うっさいわね！　あんたは黙って私に協力してればいいの！　そしたら暇な時にでも、

私があんたに協力してあげなくもないような気がしないでもないわ」

「お前、協力する気なんて全然ないだろ！」

こうして、僕は美月から課せられた役目を続けることになった。

この調子だと、これまで以上のトラブルに巻き込まれる予感が、今の時点からひしひしと感じられる。それでも、何となくそんな状況《じょうきょう》に納得してしまっている自分がいて、我《われ》ながら驚《おどろ》いている。

でもまあ、夢を見なくても接することのできる女の子は、少なくとも一人、ここにいるんだ。それを考えたら、悪いことばかりじゃないだろうし。

「ねえ咲也、今度噂《うわさ》の妹ちゃんのこと、紹介《しょうかい》してくれない？」

……でも、ちょっとは遠慮《えんりょ》くらいして欲しいけどな！

あとがき

初めまして、恵比須《えびす》清司《せいじ》と申します。

このたびは本作品を手にとっていただきまして、まことにありがとうございます。

この作品で第二十六回ファンタジア大賞金賞を受賞させていただき、こうやって出版にまで辿《たど》り着けたことを、本当に嬉《うれ》しく思っています。

どうしてこんなありがたいことになったのか、今でもよくわかっていません。世の中わからないことばっかりです。だから、とりあえずわかったフリをして何故かと理由を考えてみると、それはきっと運がよかったからなのでしょう。

え？　運だけなの？　と思われるかもしれませんが、実力も運のうちを標榜《ひょうぼう》する私にとって、それ以外考えつきません。パラメータを自由に割《わ》り振《ふ》れるゲームなら、当然のように運にポイントを全振りするクソキャラなのです。ちょっとは知力に回すべきだったかもしれませんが、色々と手《て》遅《おく》れなので考えないようにします。してください。

さて、あとがきから読んでいる方もいらっしゃると思いますので、本編の内容には極力触《ふ》れず、輪郭《りんかく》の部分だけ少し語らせていただけたらな、と考えています。

この物語のテーマはタイトルの通り「夢を見てはいけない」というものです。と言ってもこれは別に、主人公の咲也《さくや》だけのことではなく、登場人物全てに当てはまります。みんなどこかズレたものを見ていて、それが滑稽《こっけい》でもあり、また笑えない事態にもなる。そういった、人間としてのチグハグさが少しでも出ていればいいなと思います。

あとは、この物語のキャラクター達が、皆様《みなさま》の中で生き続けてくれれば、それに勝る幸せはありません。どうか可愛がってあげてください。

最後に、無知な私に何度も適切なアドバイスをくださった担当編集の小林さん。ちょっと洒落《しゃれ》にならないくらい可愛い絵を描《か》いてくださり、キャラクターに命を吹《ふ》き込んでいただいたイラストレーターのこうぐちもとさん。このお二方の力によって、本作品は成り立っていると言っても過言ではありません。加えて、この本が世に出るまでに尽力《じんりょく》してくださった全ての方々、そして読者の皆様にも、この場を借りてお礼を言わせてください。本当にありがとうございました。

それでは、縁《えん》があればまたお会いしましょう。

二〇一四年六月　恵比須　清司